岩 波 文 庫

32-542-1

風車小屋だより

ドーデー作
桜田 佐訳

JN053437

岩 波 書 店

Alphonse Daudet

LETTRES DE MON MOULIN

1879

目次

序 …… 九
居を構える …… 一一
ボーケールの乗合馬車 …… 一七
コルニーユ親方の秘密 …… 二五
スガンさんの山羊 …… 三七
星 …… 四九
アルルの女 …… 五九
法王の騾馬 …… 六七

サンギネールの灯台……八三
セミヤント号の最後……九三
税関吏……一〇五
キュキュニャンの司祭……一一三
老人……一二五
散文の幻想詩《バラッド》……一三九
ビクシウの紙入れ……一五一
黄金《きん》の脳みそを持った男の話……一六一
詩人ミストラル……一六九
三つの読唱ミサ……一八一
蜜柑……一九五
二軒の宿屋……二〇一

ミリアナで……二〇九
バッタ……二一七
ゴーシェー神父の保命酒……二三三
カマルグ紀行……二五一
兵舎なつかし……二六七

訳　注　二七三
訳者あとがき（桜田佐）　二七七
解説（有田英也）　二八一
ドーデー略年譜（有田英也）

風車小屋だより

妻に捧ぐ

序

パンペリグースト在住の公証人、オノラ・グラパジの面前にて、

「シガリエールと称する土地の所有者にして同所に居住せる、ヴィヴェット・コルニーユの夫ガスパール・ミチフィオ出頭、

同人は本証書により、法律上並びに事実上の保証の下《もと》に、一切の債務、先取特権、抵当権の目的たらざるものとして、

ここに出頭したる買主、パリに居住せる詩人アルフォンス・ドーデーに対し、プロヴァンス州(1)の中央、ローヌの流域、松と常緑樫《シェーヌ・ヴェール》の林生せる丘の上の製粉風車を売却譲渡したり。該風車は、その羽翼の先端までからまったる野葡萄《のぶどう》、苔《こけ》、迷迭香《まんねんろう》および他の寄生植物あるによりて明らかなる如《ごと》く、二十余年来放置せられ、かつ製粉不能の状態にあり。

かくの如き現状、加うるに大輪は破損し、床は煉瓦《れんが》の間に雑草の生ぜるにもかかわら

ず、ドーデーは該風車が自己に適当である旨《むね》を言明し、かつ作詩の用に供し得るが故に、一切の危険と損害を負担し、そこになさるべき修繕に当たりても、売主に対し何らの賠償を請求せざることを約して引き取るものとす。

この売買は詩人ドーデーが机上に置きたる通貨をもって、協定価格に基づき一括してなされ、該金額は直ちにミチフィオによりて収受せられたり。以上はすべて左に署名せる公証人並びに証人立会の下に行われ、その確約証書交付せられたり。

本証書はパンペリグーストにおけるオノラの事務所にて、笛吹きフランセ・ママイおよび白衣苦業団《ベニタン・ブラン》の十字架拝持者、通称ル・キックことルイゼの面前にて作成せられたり。

両人は証書朗読の後、当事者および公証人とともに署名せり」

居を構える

不意を打たれたのは兎《うさぎ》たちである！…………

ずっと前から風車小屋の戸が閉められて、壁も床も草に埋もれている有様に、彼らはとうとう粉挽《こなひ》きという人種が滅びたのだと思い込んで、これはよい場所だとばかり、総司令部か、参謀本部のようなものにしてしまった。すなわち兎軍ジェマップ(2)の風車である……私の着いた晩、床に車座《くるまざ》となり月の光に足を暖めているのが確かに二十四はいた……明り窓を細目に開けた途端、タタタターッ！　ここに露営部隊は敗北し、小さな白いお尻《しり》は、みんな尻尾《しっぽ》を立てて草の茂みに逃げ込んだ。本当にまた帰って来るといいが。

もう一人私を見て非常に驚いたのは、この風車に二十年以上も住んでいる二階の借家人、哲学者顔をした陰気な梟《ふくろう》の爺《じい》さんである。私は彼が上の部屋の壁土や落瓦《おちがわら》の中で、心棒の上にじっと突っ立っているのを見つけた。彼はしばらくその丸い目で私を眺めたが、知らない人なのでびっくりし、「ホー！　ホー！」と鳴き出した。そして埃《ほこり》で灰色になった翼をだるそうに動かし始めた。――例の思索家のことだ！　ブラシなどかけやしない……　が、そんなことはどうでもいい！　目をぱちくりさせ、しかめ面《つら》はしていても、この無口の借家人は誰よりも気に入った。私はさっそく新たに貸借契約を結んだ。彼は屋根に入口が付いている風車小屋の上の方を元通り全部所有している。私は下の部屋をとった。僧院の食堂のように低い丸天井の、石灰で白く塗られた小さな部屋である。

ここからなのだ、私が手紙を書いているのは。戸を一杯に開けて明るい日光を浴びながら。

きれいな松の林が陽《ひ》にちらちら踊りながら私の前を山の下まで駆けおりている。彼方《かなた》にはアルピーユ(3)の峰々が美しい頂きを浮き出している……　何の音もない……　ただわずかに、時をおいて、木笛《フィフル》の音、ラヴェンダーの中にさえずる大杓鷸《たいしゃくしぎ》、道を行く牝騾馬《めらば》の鈴の響き……　このプロヴァンス州の美しい景色はすべて光を得て初めて生きる。

今となっては君たちのいる騒がしいくすんだパリに何の心残りがあろう。風車小屋はとても居心地がいい！　これこそ実に私の求めていた土地、新聞や馬車や霧から千里《せんり》（一里は約四キロメートル）も離れた、香りのよい暖かな片ほとりなのだ！……　それに、私のまわりには何とたくさんの美しいものがあるのだろう！　ここに落ち着いてからやっと一週間にしかならないのに、もう印象と追憶とで頭は一杯になっている……　早くも昨日の夕方！　私は、山の麓《ふもと》にある農家《マス》へ羊の群れが帰って来るのを、目《ま》のあたりに見たのだ。この光景は今週パリにかかった初演の芝居全部とでも取り換えないつもりだ。まあ、聞いてくれ給え。

　いったいプロヴァンス州では、暑くなると家畜をアルプスに送る習慣になっている。動物も人も腹までとどく草の中で野天《のてん》に夜を明かしながら、五、六カ月を山の上で過ごすのだ。そして秋風が立ち始めるとまた農家へ下りて来て、迷迭香《まんねんろう》の薫《かお》る、灰色をした丘の草をつつましやかに食べるようになる……　ところで昨日の夕方その羊たちが帰って来たのだ。朝から表門は戸を左右に開いて待ち、羊小屋は新しい藁《わら》で一杯になっていた。「今頃はエイギエールを通っている。今頃はパラドゥに居る」と、人々は絶えず言い交わしていた。そのうち突然、夕方頃である、「あそこだっ！」と大声で叫んだ者があった。なるほど、向こうの方はるかにぽーっと白く埃を立てて羊たちが進んで来るのが見える。道がそっくり羊たちと一緒に歩いてくるようだ……　年をとった牡羊《おひつじ》が角《つの》を前に突き出し勢いこんだ様子で真っ先に進んでくる。その後から羊の本隊、足の間に子供を歩かせている少し疲れたお母さんたち。——生まれたての子羊を入れた籠《かご》を背負って、歩きながら揺すぶっている、赤いリボンを付けた牝驟馬。それから舌を地面まで垂らした汗だらけの犬が続き、終りに二人の背の高い元気な羊飼が、法衣のように踵《かかと》の上まで垂れている茶色のセルの外套《がいとう》に包まれてやって来る。

これがみんな、私たちの前を楽しそうに練って行き、夕立《ゆうだち》のような足音を立てて門内へと流れ込む……　さて家の中の騒ぎが見ものである。網目織の鶏冠《とさか》をつけた金緑色の大きな孔雀《くじゃく》が宿《とま》り木《ぎ》の上から、そらお帰りだ！　と、一声猛烈なラッパを奏して彼らを迎える。眠っていた鳥小屋は、はっと目を覚ます。鳩《はと》も、家鴨《あひる》も、七面鳥も、小紋鳥《こもんどり》も、みんな立ち上がった。まるで気がふれたような騒ぎ。牝鶏《めんどり》は、徹夜だ！　徹夜だ！　と語り合う……　羊たちがめいめいその毛の中に、酔わせ踊り出させるような清新な山上の空気を少しずつ、アルプスの純朴な香りと一緒に持ち帰ったのかも知れない。

この騒ぎの最中に羊たちは自分の住居へと帰るのである。この引移りほど愛すべきものはない。老いた牡羊は、懐かしい秣桶《まぐさおけ》を見て心を動かす。旅の途中で生まれて、まだ農家を見たことのない小さな子羊は自分のまわりを驚いて眺める。

しかし、最も私たちの心を動かすのは犬である。この善良な羊飼の犬、羊たちのことで非常に忙しい犬、農家の中で羊ばかり見ている犬である。番犬が犬小屋の奥から呼んでもだめ、新鮮な水を湛《たた》えた井戸の釣瓶《つるべ》が合図してもだめ。羊が小屋に入って小さな格子戸に大きな錠がはめられ、羊飼が土間で食卓に着くまでは、何も見ようとはしないし、また聞こうともしない。その後でようやく犬小屋へ行き、そこで一杯のスープをなめながら農家の同僚たちに、あの高い山の上の、狼《おおかみ》がいたり、花の縁《ふち》まで露にあふれた真っ赤な大きいジギタリスの咲く、ものすごい土地で自分たちのしたことを語って聞かせるのである。

ボーケールの乗合馬車

ここに着いた日のことである。私はボーケール(4)の乗合馬車に乗っていた。ずいぶん古ぼけたがた馬車で、馬車宿に帰るまで大した道程《みちのり》を行くのではないが、道中ぶらつき通しなので、夕方には非常に遠い所からでも着いたように見える。屋上の室《アンペリアル》には御者は別として四人の相客があった。

まずカマルグ(5)の羊の番人、毛むくじゃらで野獣の臭《にお》いを帯びた背の低い肥《ふと》った男で、大きな目は充血し、耳には銀の輪を付けていた。次には二人のボーケール人、パン屋とその職人で、どちらもあから顔で息切れのしやすい男だったが、横顔は見事でウィテリウスの肖像のついた二枚のローマの貨幣のようであった。最後に前方、御者の近くに座を占めた一人の男……　というよりは一個の帽子、兎皮《うさぎがわ》の途方もなく大きな帽子が、あまり口も利かずに、沈んだ様子で往来を眺めていた。

この人たちは皆お互いに知合いで、自分たちに関係のあることを何の気がねもなく声高に話していた。カマルグの男はある羊飼を笞《むち》で殴ったために予審判事に喚《よ》ばれてニームから来たのだと言っていた。いったいカマルグの者は血気にはやる……　ましてボーケールときたら！　この二人のボーケール人は聖 処 女《サント・ヴィエルジュ》のことから刃傷沙汰《にんじょうざた》にさえ及ぼうとしている。パン屋はプロヴァンスの人たちが善き御母《ボンヌ・メール》と呼ぶ、幼いキリストを抱く聖母に以前から帰依している教区の者らしかった。ところが職人の方は、腕を垂れ掌《たなごころ》は光にあふれて微笑《ほほえ》み給う美しい御姿の、純 潔 懐 胎《インマキュレ・コンセプシヨン》のマリアに捧《ささ》げられたごく新しい教会で賛美歌を歌う男であった。喧嘩《けんか》はそこから起こった。この二人の信者の、お互いの聖母のことでの言い争いこそ見ものであった。

――おまえのインマキュレは別嬪《べっぴん》だよ！

――おまえなんか駆落ちするがいいや、おまえのボンヌ・メールとよ！

――おまえのはパレスチナでずいぶん怪しいもんだった！

――そしておまえさんのは！　何てあばずれなんだ！……　何をしたんだか分かるもんか……　いっそ聖ヨセフに聞いてみるこったね。

これで小刀がひらめきさえしたら、もうまるでナポリの港にいると思われるところだった。いや確かにこの素晴らしい神学論争は、もし御者が口出しをしなかったら、そこまで行ったに違いない。

——聖母《マドンナ》のことはやめた、やめた、と御者は笑いながらボーケールの男たちに言った。そいつあみんな女子《おなご》の話だ。男はくちばし入れるでねえ。

こう言って彼が、我関せずという風に鞭《むち》を鳴らすと、一同は彼の意見に従った。

口論は済んだ、しかし興奮したパン屋は残りの熱を出しきらねばならなかった。彼は片隅に黙って沈んでいる哀れな帽子の方へ向かって、からかうような調子でこう言った。

——時におまえさんのおかみさんは、ねえ、研屋《とぎや》さん……　どこの教区だっけね。

この文句の中には何か非常に滑稽《こっけい》な企画《もくろみ》があったに違いない。馬車じゅうの者がドッと笑い出したから……　だが研屋は笑わなかった。彼には聞こえないらしかった。それを見るとパン屋は私の方を向いて、

——旦那《だんな》、あなたはあの男の女房を御存じないでしょう。まったく、妙な教区民《パロアシアヌ》でね！　ボーケールに二人といない女でさあ。

笑い声はいっそう募った。研屋は身動きもしない。頭も上げずにごく低い声でただこう言った。

——よしとくれよ、パン屋さん。

しかしパン屋の奴は黙ろうとしないばかりか、ますますひどくやり出した。

——チェッ！　あいつにあんな女房があるからって、何の不憫《ふびん》なもんか…… あの女と一緒にいりゃちっとも退屈しないさ…… まあ、こうなんでさあ！　半年ごとにさらわれて、戻るたびに新しい話の種《たね》を仕入れてくる…… とにかく変な夫婦でね…… どうでしょう旦那、二人が結婚して一年も経《た》たないうちに、ふん！　女はチョコレート屋とスペインへ道行きしやがったんです。亭主はひとり家《うち》に引っ込んで、泣いたり飲んだり…… 気がふれたようでした。しばらくすると女はスペイン風の服を着て、鈴の付いた小さな太鼓を一つ持って村に帰って来ました。私たちは皆で言いましたよ。

——逃げろ、いまに殺されるぞ、って。

ええ！　確かに言ったんですよ、殺されるぞってね…… ところが二人はごく穏やかに元通り一緒になりました。そのうえ女は男にタンバリンの打ち方まで教えたもんです。

新たにドッと笑い声が起こった。一隅で、頭も上げずに、研屋は再びつぶやいた。

――よしとくれよ、パン屋さん。

パン屋は研屋の言葉に耳もかさずに続けた。

――旦那、スペインから帰って後《のち》は、このあばずれもおとなしくしていたろうとお思いでしょうが……　へ、どう致しまして！　亭主は非常にお人良しで怒りませんや！　だから女はまたやってみたくなりましてね……　スペインの男の次は士官さん、その次はローヌ河の船頭、それからある音楽家、それからある……　いちいち覚えているもんですか……　その茶番の筋が毎度同じと来てるからいいじゃありませんか。女房が家を出る、亭主が泣く。女が帰る、男がおさまる。こうして女はいつも誰かにさらわれて、そしていつも男の所へ戻って来るんです……　ああ、何て辛抱強い男なんでしょう！　それにあなた、この若い研屋のおかみさんはすてきな美人でしてね……　元気はいいし、愛嬌《あいきょう》もあるし、まるまる肥って、枢機官《カルディナル》の御馳走《ごちそう》みたい。おまけに膚《はだ》は白いし、目は茶色で、男を見るといつもにっこり笑いますさあ……　本当にパリの旦那、またボーケールのお通りがけにゃ……

――ああ！　よしとくれよ、パン屋さん。頼む……　と、可哀《かわい》そうに研屋はもう一度悲痛な声をあげた。

このとき馬車が止まった。アングロールという農家に着いたのであった。ここで二人のボーケールの男が下りた。私は彼らを引き留めたいとは決して思わなかった……　パン屋の道化者め！　農家の中庭から笑い声がまだ聞こえていた。

この連中が出て行ってしまうと、馬車は空《から》っぽになったようだった。カマルグの男はアルルに残して来たし、御者は馬のそばについて道を歩いている……　屋上の室《アンペリアル》には研屋と私と二人きりで、それぞれ隅っこに口も利かずにいた。日は熱く、幌革《ほろがわ》はやけていた。時々、目がふさがり、頭が重くなるのを感じた。しかし眠ることは出来なかった。私の耳にはいつまでも「よしとくれよ、お願いだ」というあの悲しいそしてもの静かな言葉が残っていた……　彼もまた同じだった。可哀そうに、やっぱり眠れなかった。大きな肩が震え、その手——青ざめた力のない長い手——が腰掛けの背に、老人の手のようにわななくのを、私は後ろから眺めた。彼は泣いていた……

——さあ、お家《うち》へ来ましたよ。パリの旦那！　と、とつぜん御者が私に呼びかけた。そうして鞭の先で、風車がピンでとめられた大きな蝶《ちょう》のようにくっついている緑の丘を示してくれた。

私は急いで下りようとした…… 研屋のそばを通る時、その帽子の下をのぞいてみた。別れる前に彼の顔が見たかったのだ。私の気持が分かったのか、不幸な男はとつぜん頭を上げた。そして、私の目をじっとみつめ、

——どうかよくこの顔を見て下さい、と押しつぶしたような声で言った。近いうちにボーケールに惨事があったとお聞きになったら、その下手人を知っている、とおっしゃることが出来ましょう。

光沢《つや》のない悲しげな顔で、目は小さくしなびていた。そしてその目には涙があった。しかしこう言った声は恨みを含んでいた。恨み、それは弱者の怒りである！…… もし私が研屋の女房であったら、用心するだろう。

コルニーユ親方の秘密

フランセ・ママイといって、時どき私の所へ夜話《よばなし》に来る笛吹きの爺《じい》さんが、こないだの晩ヴァンキュイ〔煮葡萄酒《にぶどうしゅ》〕を飲みながら、かつて村に起こった一場の悲劇を話してくれました。二十年ほど前のことで、私の風車が一役勤めているのです。私は爺さんの話に泣かされたので、聞いたままをまた話してみようと思います。

皆さん、しばらく香りの高い酒壺《さかつぼ》の前に坐《すわ》ったつもりになって、話をするのは一人の笛吹きじじいだと思って下さい。

この辺はね、あなた、昔から今のようにさびれた、物音一つしないなんて所じゃありませんでした。前には粉挽《こなひ》きの商売がさかんで、十里四方の百姓たちがみんなここへ麦を挽いてもらいに持って来たもんです……　村のぐるりの丘という丘には風車が乗っていました。右を向いても左を見ても、目に入るものは松林の上でミストラル(6)にぐるぐる回る風車の翼と、あちらこちらの坂道を上がったり下りたりしている袋を積んだ小さな驢馬《ろば》の行列です。月曜から土曜まで、丘の上では鞭《むち》が鳴る、翼布《はね》がパタパタ音を立てる、粉挽き小僧は驢馬にハイハイドウドウって……聞くからに気持のいいもんでした。日曜日には皆で隊を組んで方々の風車へ出かけました。上では粉挽きたちがマスカット葡萄酒を御馳走《ごちそう》します。おかみさんはレースの肩かけや金の十字架なんか着けて、女王様のようにきれいでした。私は笛を持って行きましたよ。とっぷり日の暮れるまで皆でファランドール(7)を踊ったもんです。つまりこの風車のおかげで土地はにぎやかでもあり、栄えもしたんです。

　ところがあいにくパリのフランス人がタラスコン街道に蒸気の製粉工場の建設を企てました。新しかろう、よかろう、でさ！　皆、麦を製粉工場へやるようになったんで、風車の方は可哀《かわい》そうにあがったりです。しばらくの間はこっちでも張り合ってみたんですが、蒸気にはかないっこなく次から次へと、情けない！　風車は皆たたまなけりゃなりませんでした……　小さな驢馬も来なくなる……　きれいな粉屋のおかみさんたちは金の十字架を売ってしまう……　マスカット葡萄酒もおしまい！　ファランドールともさようなら！　ミストラルがいくら吹いたって風車はもう回りません……　そしてある日のこと、村では廃《すた》れた小屋を取りこわし、その跡へ葡萄とオリーヴとが植えられました。

ところがこうばたばた倒れた中に、一つの風車だけはちゃんと残って、製粉工場の鼻っ先で、丘の上に勇ましく回り続けていたんです。これはコルニーユ親方の風車、他でもない今晩こうして話をしているこの風車なんです。

コルニーユ親方は六十年来、粉の中に暮らしていて、仕事に凝り固まっている粉挽きの爺さんでした。製粉工場が建つと爺さんは気がふれたようになりました。一週間というものは村じゅうを駆け回って皆を自分のまわりに寄せ集め、声をからして「奴らは製粉工場の粉でプロヴァンスを毒殺しようってんだ」と叫んでいました。「あそこへ行くんじゃないぞ、あの悪党どもはパンをこしらえるのに蒸気なんか使いやがる。ありゃ悪魔が見つけたもんだ。だがおれはミストラルとトラモンターヌ(8)で働くのだ。情け深い神様の息吹《いぶき》なんだ……」このように爺さんは風車を賞《ほ》めるにいい言葉を山ほど見つけましたが、誰もそれに耳を傾ける者はありませんでした。

そこでかっとなった爺さんは自分の風車に引きこもって、猛獣のようにたった一人で暮らしました。孫娘でヴィヴェットという、両親に死なれてからは天にも地にもおじいさん一人しかない十五になる女の子さえ、そばに置こうとしなかったのです。可哀そうに娘は自分で食べていかねばならないので、収穫《とりいれ》やら養蚕《ようさん》やら、オリーヴ摘みに、あちこちの農家に雇われるようになりました。ところがそれでいて爺さんにはこの娘が可愛《かわい》くてたまらないという風でした。暑い日盛りに四里の道を歩いて娘の働いている農家まで会いに行くことがたびたびありました。そうして孫娘《むすめ》のそばへ行くと、爺さんは泣きながら娘を眺めて、何時間でも過ごすのです……

村では粉挽き爺さんがヴィヴェットを家から出したのは吝嗇《けちんぼ》からやったことと思っていました。そしてこんな風に孫娘を農家から農家へと回らせて、雇い人《ヴァイル》の乱暴や若い奉公人のなめるいろいろな苦労にあわせるのを決してよくは言いませんでした。その上、名の聞こえたコルニーユ親方、これまで気位の高かった人が、今では裸足《はだし》で穴あき帽子にぼろぼろの胴着、まるで真正《ほんもの》の浮浪者《ボヘミアン》のように道を行くのを大いに困ったことだと思いました…… 実際、日曜日に親方がミサに入るのを見ると、我々老人は恥ずかしい気がしました。親方もそれをよく感じていたので、もう教会議員の席に来て坐《すわ》ろうとはしりました。

ませんでした。いつも御堂の後方《うしろ》、聖水盤のそばに、貧乏人たちと一緒に並ぶようにな

コルニーユ親方の暮しには何だかはっきりしないところがありました。ずっと前から村ではもう誰も麦を持って行かないんですが、それでも風車の翼《はね》はやっぱり前のように回り続けていたんです……　夕方、往来で麦粉の大きな袋を背負った驢馬を追って来る爺さんに出会うことがあります。

——今晩は、コルニーユ親方！　と百姓たちは声をかけます。相変わらず景気がいいですかい、商売は？

——ああ、相変わらずさ、と爺さんは元気な調子で答えます。まあ、有難いことに仕事には困らないというものさ。

そこでもし誰かが、一体全体どこからそうたくさん仕事が来るのかと尋ねると、親方は唇に指を当てて、もったいぶって答えるんです。「しーっ！　おれは輸出向けの仕事をやってるのさ……」そしてそれ以上はどうしても聞き出すことが出来ませんでした。

風車をのぞくなどとは思いも寄らぬことです。孫のヴィヴェットでさえ入れなかったんですから……

通りがかりに眺めると、戸はいつも閉まっていて、大きな翼は絶えず回っています。老いぼれの驢馬は広場の芝を食っているし、やせこけた猫は窓の縁《ふち》に日向《ひなた》ぼっこをしていて、意地悪そうににらみつけます。

どれもこれも何だか訳がありそうで、いろいろと人の噂《うわさ》に上《のぼ》りました。皆それぞれ勝手にコルニーユ親方の秘密に理屈をつけていましたが、世間の評判では、この風車の中には粉の袋より銀貨の袋の方がたくさんあるということでした。

しかし、とうとうすっかり明るみに出てしまいました。こういう訳です。

笛を吹いて若い者たちを踊らせているうちに、ある日、私はうちの長男とヴィヴェットとがいい仲になっていることに気がつきました。腹の底では怒りませんでした。という訳はとにかくコルニーユというのは村の名家ですし、それにヴィヴェットという可愛い小雀《こすずめ》が家の中を飛び回るのを見るのも楽しみだろうと思ったのです。ただこの好いた同士が一緒にいる機会が多かったもんですから、間違いでもあってはというので、すぐに話をつけようと考えました。そして、このことをちょっとおじいさんの耳に入れようと思って風車まで上って行きました……　ひどい奴です！　どんな風に私をあしらったか、まあ聞いて下さい！　戸を開けさせることなんか出来やしません。私はこっちの言い分をどうかこうか鍵《かぎ》の穴越しに説明しました。私が話をしている間、あのやせっぽちの猫の奴が頭の上で魔物のように毒気を吐いていました。

爺さんは皆まで言わせずひどく不躾《ぶしつけ》に、帰って笛でも吹いてろ、と怒鳴りつけました。そしてそんなに早く息子に嫁が欲しけりゃ、製粉工場へ行っていくらでも女を捜すがいい、と言うんです……　おわかりでしょう、こんな悪態を吐《つ》かれて私はかっとのぼせました。が、それでもどうやらおとなしく堪《こら》えたんです。そしてこの気がふれた爺さんを挽臼《ひきうす》のそばに残して家《うち》へ帰り、子供たちにうまくいかなかったことを知らせました……　可哀そうな子羊どもはそれを本当にすることが出来ません。おじいさんに話しに行くから二人一緒に風車までやってくれと拝むように頼むんです……　私は断わる勇気がありませんでした。アララッという間に二人は出かけてしまいました。

二人が丘の上に着いた時、コルニーユ親方は出かけたばかりのところでした。扉は二重に閉めてありましたが、爺さんは出がけに梯子《はしご》を家の外へ置き去りにして行きました。で、子供たちはすぐとこう思ったんです。この問題の風車の中に何があるのか、窓から入ってのぞいて見よう、って……

不思議じゃありませんか！　臼の部屋は空《から》っぽでした……　袋一つ、麦粒一つありません。壁にも蜘蛛《くも》の巣にも麦粉は全くありません……　風車小屋ならきっと匂う、挽かれた小麦の強い香りさえしませんでした……　心棒は埃だらけで、その上にやせた大きな猫が眠っていました。

下の部屋も同じように惨《みじ》めな打ち捨てられた様子をしていました。――粗末な寝床、ぼろぎれ、階段の下にパンが一片《ひときれ》と、それから片隅に、穴のあいた袋が三つ四つあって、その穴から壁の破片《かけら》と白い土がこぼれ出ていました。

これこそコルニーユ親方の秘密でした！　風車の顔を立てて、そこで粉をこしらえていると人に思わせるために、爺さんが夕方積んで歩いたのはこの壁土だったのです……可哀そうな風車！　気の毒なコルニーユ！　とうの昔に製粉工場の奴らが爺さんと風車から最後の華客《とくい》を奪っていました。翼はいつも回っていましたが、挽臼は空回りをしていたのです。

すっかり涙にぬれて帰った子供たちは、今見たことを話してくれました。私も聞いて胸が一杯になりました……　さっそく近所の人たちの間を駆け回って、かい摘《つま》んで事情を話しました。皆の家のありったけの小麦をコルニーユの風車に持って行かねばならないということに話がまとまりました……　時を移さず実行しました。村じゅうが総出で、麦――これこそ本当の麦！――を載せた驢馬の行列を作って丘を登りました。

風車小屋は戸が大きく開かれていました……　入口の前でコルニーユ親方は壁土の袋の上に坐って頭を抱《かか》えて泣いていました。家に帰って、留守の間に人が入り込んでその悲しい秘密をあばいたのを知ったところでした。

――情けない！　と親方は言いました。もうこうなってはおれは死ぬばかりだ……風車は汚《けが》された。

そうして風車をありったけの呼び方で呼んで、本当の人に話すように話しかけながら、胸も張り裂けんばかりにすすり泣きました。

このとき驢馬が丘の上に着きました。そうして私どもは粉挽きの景気がよかった時のように叫びました。

――おーい、頼むよ！　おーい、コルニーユ親方！

こうして袋は戸口の前に積まれ、美しい黄金色《こがねいろ》の粒はそこら一面に広がりました……

コルニーユ親方は大きな目を開きました。その皺《しわ》だらけの手に麦をすくって、泣き笑いをしながら言いました。

——こりゃ麦だ！……　有難い！……　上等の麦だ……　まあ、よく見させてくれ。

それから私どもの方を向いて、

——ああ、おれはおまえさん方がおれの所へ戻って来ることをよく知っていた……あの工場の奴は皆盗人《ぬすっと》だぞ。

私たちは親方を連れて村へ凱旋《がいせん》しようと思いました。

——いやいや若い衆、何よりも先に臼に食べさせなきゃならん……　まあ考えてごらん！　ずいぶん長く何にも口に入れなかったのだ！

気の毒な爺さんが袋を開けたり臼の具合に気をつけたりして右へ左へと立ち回っているのを見ると、私どもは皆涙がこぼれました。その間に麦粒が挽かれて細かい粉が天井まで舞い上がって行きました。

私どもはいいことをしました。というのは、その日から私どもはこの粉挽き爺さんに決して仕事を欠かさせませんでした。その後、ある朝コルニーユ親方は死にました。そうして村の最後の風車の翼は今度こそ永久に回らなくなりました……　親方の死後、その跡を継ぐ者はありませんでした。仕方がありません！……　この世のものには何でも終りがあります。ローヌ河の伝馬《てんま》船《せん》や最高裁判所《パルルマン》、大きな花のついた上衣《ジャケット》などの時代が過ぎたように、風車の時代も過ぎたと思わなければなりません。

スガンさんの山羊

パリなる抒情詩人ピエール・グランゴアール氏に

いつまでたっても浮かぶ瀬はないよ、ねえ、グランゴアール君！

一体どうしたんだ！　ひとがパリの大新聞の雑報記者の席を提供しようというのに、それを頑固にもはねつけるとは……　まあ、自分の風姿《なり》を見るがいい、可哀《かわい》そうに！　見給え、その穴のあいた上着に、破れズボン、飢えを訴えるやせこけた顔を。ところが、それは、美しい韻に夢中になっていたおかげさ！　アポロン様の僕《しもべ》として、十年間忠実《まめ》に仕えた御褒美《ごほうび》だ……　それでも君は恥ずかしくないのか。

だから記者になり給え。気が利かないな！　記者になり給えったら！　薔薇印《ばらじるし》のきれいな銀貨が沢山《どっさり》入るだろうし、ブレバン亭(9)では御定連、芝居の初日には、帽子に新しい羽をつけてお練り込みと行けるだろう……

いやだって？　なりたくないって？　どこまでも勝手気ままに押し通そうというのか

て行こうとすると、どんな目に遭《あ》うか分かるから。

……まあいい、少し「スガンさんの山羊《やぎ》」の話でも聞き給え。わがまま一杯に暮らし

スガンさんは山羊で運のよかった験《ためし》がなかった。

皆同じようにして失《な》くしたのだ。山羊はいつの間にか、綱を切って、山の中へ去《い》ってしまう。そして、山では狼《おおかみ》が、彼らを取って食うのである。いくらスガンさんが可愛《かわい》がっても、どんなに狼が恐ろしくても、山羊を引きとめることは出来なかった。けだし、すべてをかけて大気と自由とを欲する独立派の山羊だったらしい。

山羊の気性が分からないお人良しのスガンさんはがっかりした。

——やめた。山羊はうちが退屈なんだ。もう一匹も置かないぞ。

そうは言ったものの、希望は捨てない。同じようにして六匹の山羊を失くした後で、七番目のを買った。もっとも、今度は用心して、うちに居着くように、ごく若い奴を引き取った。

ああ、グランゴアール君、実に美《い》い奴だったよ、このスガンさんの子山羊は！　優し

い目、下士官風のあごひげ、黒くて光っている蹄《ひづめ》、縞模様《しまもよう》の角《つの》、それに長い白毛《しらげ》の打掛けで、そのきれいなことといったら、まるでエスメラルダ(10)の子山羊のよう！　覚えているだろう、グランゴアール君、あれと同じくらい可愛らしかったのだ。――その上、おとなしくて、懐っこくて、鉢の中に足を突っ込んだりなんかしないで、じっとして乳を搾《しぼ》らせる。可愛い子山羊さ……

スガンさんは家の裏に、山査子《さんざし》をめぐらした畑を持っていた。彼が新参の寄宿生を置いたのはここである。草地の一番美しい場所に、綱の短くないように気をつけて、杭《くい》につないだ。そうして時どき機嫌よくしているかどうか見に来た。山羊は非常に嬉《うれ》しがって、ばかにうまそうに草を食べるから、スガンさんは夢中になって喜んだ。

――やれやれ、どうやら、うちをいやがらない奴が見つかったぞ。

だが、スガンさんは思い違いをしていた。山羊は退屈したのだ。

ある日、山を眺めながら、山羊は考えた。

――あの高い所はどんなにいいだろう！　こんな、首の擦《す》りむける綱なんかなしに、ブリュイエールの茂みの中を跳《は》ね回ったら、どんなに楽しいだろう！……　囲われた畑で草を食べているのは、驢馬《ろば》や牛にはいいだろうよ！……　山羊ってものには、広い所が要るんだ。

このとき以来、囲いのある畑の草は、山羊には味も香りも失《う》せて見えた。山羊は退屈した。やせて、乳の出は細くなった。一日じゅう綱を引っ張り、頭を山の方へ向けて、鼻の穴を広げ、悲しそうに「メー！……」と鳴くのは見るも哀れであった。

スガンさんは、山羊がどうかした、とは充分気づいていた。しかし、どうしたのかは分からなかった……　ある朝、乳を搾《しぼ》り終えようとする時、山羊は振り返って、山羊訛《なまり》で話しかけた。

——聞いて下さい、スガンさん、私はあなたの所にいるとやつれてしまいます。山の中へ行かせて下さいな。

——ああ、情けない！……　こいつもか！　スガンさんはびっくりして叫んだ。そして、その拍子に、持っていた鉢を取り落とした。それから山羊と並んで草の上に腰を下ろし、

——どうしたのだい、ブランケット、うちから出て行きたいって？

するとブランケットは答えた。

――ええ、スガンさん。

――ここは草が足りないのかい?

――いいえ! いいえ!

――綱が短すぎるかな。綱を長くして欲しいのかい?

――そんなことは何でもありませんよ、スガンさん。

――それじゃ、何が不足なのだい? 何が欲しいのかい?

――山の中へ行きたいんです、スガンさん。

――だって、困った子だね。おまえは山の中に狼がいることを知らないんだ…… もし狼が出たらどうするんだい?……

――角《つの》で突いてやりますよ、スガンさん。

――狼はおまえの角なんか、てんでばかにしているんだよ。私はあいつに、おまえなんかとは角の違う、おとなの山羊を何匹も食われたんだ…… 去年ここにいた、可哀そうなルノード婆《ばあ》さんをおまえはよく知っているだろう? 力持ちで、意地っ張りで、男のような婆さん山羊を。あいつは一晩じゅう狼と戦った…… そうして、朝になると、狼め、あの婆さんを食ってしまったのだ。

——まあ、可哀そうに、ルノード婆さん！…… なに、かまやしません、スガンさん、山の中へやって下さいな。

——ああ、情けない！…… だが、いったい、うちの山羊はどうしたっていうんだろう！ またしても一匹、狼に食われようというのか…… よおし、なあに、おまえが何と言おうと、私はおまえを助けてやる、おてんば娘め！ 綱を切ると事だから、小屋に閉じこめてやろう。いいかい、いつまでもそこにいるんだよ。

そう言って、スガンさんは山羊を真っ暗な山羊小屋へ連れて行き、扉を二重に閉めた。が、あいにく窓を忘れていた。そこで、スガンさんが背中を見せるや否《いな》や、子山羊は逃げ出した……

君は笑うね、グランゴアール君。そうだとも、よく分かっているよ！ 君はこの親切なスガンさんに反旗を翻《ひるがえ》して、山羊の味方をするんだ…… しかしいつまで笑っていられるか、今に見給え。

白い山羊が山に着くと、山じゅうが恍惚《うっとり》とした。年を経た樅《もみ》も、今までこれほどきれいなのには会ったことがなかった。山羊は小さな女王のように迎えられた。栗《くり》の木は枝先で彼女をなでようとして、地に着くまで身を屈《かが》めた。黄金色《こがねいろ》の金雀枝《えにしだ》は、その通路《みち》に花を開いて、香りの限り快く匂った。山にありとあるものが、彼女を歓待した。

グランゴアール君、我らの山羊はどのくらい嬉しかったか、君にも分かるだろう！　もう綱もなく、杭もない……　思いのままに跳ね回り、好きに任せて草を食べるのを何が妨げよう……　ここだ、草のたくさんあるのは！　角《つの》の上まで茂っているのだ、君！……　しかも何という草だ！　香ばしいのも、柔らかなのも、ギザギザのついたのも、千種万様の草が……　畑の草とはまるで物が違う。それにまあ花といえば……　青色大輪のやつしろ草、萼《うてな》の長い真紅《しんく》のジギタリス、酔わせるような液《つゆ》にあふれた野生《のそだち》の花が一面に咲き乱れて……

半ば酔い心地の白い山羊は、その中を仰向《あおむ》けに転げ回り、落ち葉や栗と乱れ合いながら、坂を転げ落ちたりした……　やがて、いきなり彼女は一跳《ひとは》ねして立ち上がった。それ行け！　さあ山羊は駆け出した。頭を前に突き出して、藪《やぶ》を抜け、黄楊林《つげばやし》を過ぎ、ある時は険しい峰の上に、ある時はくぼ地の底に、あるいは高く、あるいは低く、ここと言わず、かしこと言わず……　まるで山の中に、スガンさんの山羊が十匹もいるかのように。

ブランケットはもう何も恐《こわ》くなかったのである。

彼女は幾筋《いくすじ》もの流れを飛び越え、ぬれた土埃《つちぼこり》と水しぶきとを跳ねかけられた。そこでタタタラ滴《しずく》を垂らしながら平らな岩へ行って横になり、日に体を乾かした……

一度は金雀枝の花をくわえて、ある丘の端《はずれ》に進み出ると、下の方、はるか低い平野の中に、スガンさんの例の、裏に畑のある家が目に入った。これには涙が出るほど笑わされた。

——何て、ちっぽけなんだろう！　どうしてあの中にくすぶっていられたのかしら？　可哀そうに！　こんな高い所に立っているのかと思うと、自分を少なくも世界と同じくらい偉いものだと考えるのであった……

とにかく、その日は、スガンさんの山羊にとっては嬉しい日であった。昼頃、右に左にと駆け回っているうちに、野葡萄《のぶどう》をパリパリ食べている羚羊《かもしか》の一群に出会った。白い衣装をつけたわが疾駆者《ランナー》は彼らの目を引いた。彼女に野葡萄の一番良い場所をあけて、この羚羊の殿原《とのばら》は、皆、しきりに御機嫌を取った……　それればかりではない、——これは君と僕の間だけのことだよ、グランゴアール君、——一匹の黒い毛色の若い羚羊は、運よくブランケットの気に入ったらしいのだ。二人の仲よしは、一時《ひととき》か二時《ふたとき》の間、林を縫ってさまよい歩いた。もし二人の語り合ったことを知りたければ、苔《こけ》の下をこっそり抜けて行く、あのおしゃべりの清水に聞いて見給え。

急に風が冷たくなった。山は紫にたそがれた。夕方だ……

——もう！　と、子山羊はびっくりして立ち止まった。下を見ると、野原は靄《もや》の中に沈んでいた。スガンさんの畑は霧に隠れ、小さな家で見えるものは、ただ細い煙の昇る屋根ばかりであった。帰って行く一群の羊の鈴に耳をすましていると、心一杯にわびしさが広がって来るのだった……　ねぐらに急ぐ一羽の鷹《たか》が彼女をかすめて通った。彼女は身ぶるいした……　すると山の中でうなり声がした。

——ウォー！　ウォー！

山羊は狼のことを思った。一日じゅう夢中になって、考えてもみなかったのだ……　折しもラッパの音がはるか遠く谷間に響いた。これは親切なスガンさんが、最後の努力を試みているのだった。

——ウォー！　ウォー！　と狼が吠《ほ》える。

——帰って来い！　帰って来い！　とラッパが叫ぶ。

ブランケットは帰りたくなった。しかしあの杭と、綱と、畑の垣とを思い出すと、もう今となってはあんな暮しに我慢できはしない。それよりここにいる方がましだ、と考えた。

ラッパはもう響かない……

山羊は自分の後ろにカサコソという葉ずれの音を耳にした。振り返る目に、闇《やみ》に浮いて、そぎ立った二つの耳と、二つのキラキラする目が映った……　狼だ。

身動きもせず後足《あとあし》で坐《すわ》って、大きな狼は小さな白い山羊を見守り、食べる前からうまそうに唾《つば》を走らせていた。いずれ御馳走《ごちそう》になることは分かりきっていたから、狼は急がなかった。ただ、山羊が振り向いた時、意地悪そうに笑い出した。

——ほほう！　スガンさんの山羊姫か。そう言って、狼は大きな赤い舌で、こげ茶色の唇をなめ回した。

ブランケットはもうだめだと思った……　一晩じゅう戦って、朝になって食べられたというルノード婆さんの話を思い出して、一時は、すぐにもおとなしく食べられる方がいいかと思ったが、やがて考え直して、自分もスガンさんの勇ましい山羊だとばかり、頭を低くして、角《つの》を差し出し、下段の構え、寄らば突こうと……　狼を殺そうという望みがあってのことではない――山羊は、幾匹いようが狼を殺せはしない、――ただ、自分がルノード婆さんぐらい長く持ちこたえられるかどうかをみるためである……

このとき怪物は進み出た。すると、可愛い角も踊り始めた。

ああ、けなげな子山羊！　何と甲斐甲斐《かいがい》しく立ち向かったことだろう！　十遍以上も狼に息をつくための退却をさせた。本当だよ、グランゴアール君。こういう束の間《つかま》の休戦の時にも、美食家の彼女は、すばやく自分の大好きな草をもう一束摘《つ》んで、口を一杯にして再び戦いに臨むのだった……　この戦いは一晩じゅう続いた。折々、スガンさんの山羊は、晴れた空に舞う星を見上げて思った。

――ああ、夜明けまで続きさえすれば……

一つまた一つ、星は消えて行った。ブランケットはますます角で突っかかり、狼はいよいよ牙《きば》を鋭くして……　ほんのりと白い光が地平線のあたりに一筋《ひとすじ》……　しゃがれ声の鶏が一羽、畑で歌うのが聞こえて来た。

——ああ、やっと！ と息を引き取るのに夜明けばかりを待ち焦がれた哀れな山羊は言った。そうして美しい白の毛皮を紅《くれない》に染めて、地に横たわった……

そこで狼は子山羊に飛びかかって、彼女を食べたのである。

さようなら、グランゴアール君！

御清聴をわずらわしたこの物語は、私の作り話ではない。もし君がいつかプロヴァンスに来ることがあれば、ここの百姓たちは、よく「スガン殿《どん》の山羊っ娘《こ》」の話をして聞かせるよ。「その山羊っ娘めは、夜っぴて狼と組み合っただが、はあ暁方《あけがた》にゃ、狼め、山羊っ娘を食っちまっただア」

よく分かったろう、グランゴアール君。

「はア暁方にゃ、狼め、山羊っ娘を食っちまっただア」

星

プロヴァンスのある羊飼の物語

リュブロンの山の上で羊の番をしていた頃、私は牧場の中にたった一人、犬のラブリと羊たちを相手に、何週間というもの人の姿を見ないで暮らしていた。時折モン＝ド＝リュールの隠者が薬草を捜しにそこを通りかかったり、ピエモンテ辺りの炭焼き男の黒い顔を見かけることはあった。しかしそれは一人でいるためにものも言わず、話をする興味も忘れ、下の村や町で噂《うわさ》に上《のぼ》ることは何も知らない、世なれぬ人たちであった。だから半月ぶりに二週間分の食糧を持って来る農場の騾馬《らば》の首鈴《すず》が山道に聞こえる時や、坂の上に可愛《かわい》い「ミアロ」（農場の小僧）の元気のいい顔か、年老いたノラードおばさんの茶色の帽子が少しずつ見えてくる時は、本当に嬉《うれ》しかった。私は山の下の村の便りを、洗礼だの結婚だのといろいろ話してもらう。けれど、とりわけ聞きたかったのは、主家《うち》のお嬢さんがどうしているかということだった。十里四方で一番きれいなステファネットさんのことだ。あまり気にしてはいないような風をしながら、私は、お嬢さんがよく御馳走《ごちそう》に招かれたり夜話《よばなし》に出かけたりするか、相変わらずお嬢さんの御機嫌を取りに新《あら》手《て》の男たちがやって来るか、などと尋ねた。貧しい羊飼の私にそんなことが何になると聞く人があるなら、私は二十歳《はたち》で、ステファネットさんは私が生まれてから見た一番美しい人だと答えよう。

ところがある日曜日のこと、待っていた半月分の食糧が非常に遅くなって着いたことがあった。朝のうちは「御ミサのためだろう」と思っていた。すると昼頃にひどい嵐がやって来た。そこで「これは道が悪いので騾馬が出かけられなかったのだな」と思った。ようやく三時頃、空は洗い清められ、山は露と陽《ひ》に映《は》えている時、木の葉の滴《しずく》と、水量《みずかさ》の増した谷川のあふれる音の中に、騾馬の鈴が聞こえて来た。復活祭の日に鳴りわたる鐘のような速い元気な鈴の音だ。しかし騾馬を連れて来たのは「ミアロ」の小僧でもノラードのお婆《ばあ》さんでもなかった。それは……誰だと思う？……　お嬢さんだ！　お嬢さんその人だ。柳の籠《かご》の間にまっすぐに腰かけて、山の気と夕立晴《ゆうだちば》れのさわやかさで頬《ほお》をすっかり薔薇色《ばらいろ》にして。

小僧は病気だし、ノラードおばさんは休暇で子供の所へ行っている、と、美しいステファネットさんは騾馬から下りながら知らせてくれた。途中で道に迷ったので遅く着いたということも話してくれた。しかし花模様のリボンや目映《まば》ゆいスカートやレースなどで飾りたてたのを見ると、茂みの中で道を捜していたよりもどこかで踊りでもして遅れたのだという風に見えた。ああ美しいお嬢さん！　私はいつまでも飽かずに眺めていた。本当に今までこんなにそばで見たことはなかった。冬、羊が平地に下りている時、夕方家《うち》へ食事に帰ると、時々お嬢さんが広間を横ぎることがある。活発に、召使たちにはほとんど言葉もかけずに、いつも着飾って少しつんとして……　そのお嬢さんが今私のすぐ前にいるのだ。私一人の前に。これでも我を忘れずにいられるだろうか？

籠から食糧を取り出すとすぐ、ステファネットさんは物珍しげに周囲を見始めた。いたみやすそうな晴着の美しい裾《すそ》をちょっとつまんで囲い場に入り、私の寝る所や、羊の毛皮の敷いてある藁床《わらどこ》、壁に懸《かか》っている大合羽《おおがっぱ》、杖《つえ》、石鉄砲などを見た。こんなものは皆お嬢さんを喜ばせた。

——まあ、それじゃ、あなたはここに暮らしているの？　いつも一人ぽっちでどんなに退屈するでしょう！　何をしているの？　何を考えているの？……

私は「あなたのことを」と答えたかった。そう言っても嘘にはならなかったろう。しかし、すっかりあがってしまって、何一つ話せなかった。お嬢さんはそれに気が付いたに違いない。そして人の悪いお嬢さんは私をもっと困らせて面白がった。

――で、あなたのいいお友達は時どき会いに来るの？……　きっとそれは金の山羊《やぎ》ね。でなかったら山の峰ばかり駆け回る仙女のエステレルよ……

ところがそういうお嬢さんこそ、仰向《あおむ》いて美しく笑うところや、たちまち現われてすぐさま消える訪問ぶりが、エステレルの仙女そっくりだった。

――御機嫌よう。

――さようなら、お嬢様。

こうしてお嬢さんは空《から》の籠を持って出かけた。坂の小道に姿が隠れると、騾馬の蹄《ひづめ》で転がる小石が一つ一つ私の心の上に落ちるように思われた。私はそれをいつまでもいつまでも聞いた。そうして日の暮れるまで、夢を散らさないように身動きもせず、うっとりとしていた。夕方になって谷底が青くなり始め、羊がメーメー鳴きながら押し合って囲い場に入る頃、誰かが坂道で私を呼んでいるのが聞こえた。やがてお嬢さんが先刻《さっき》の笑顔に引きかえて、寒さと恐れと湿り気に震えながら現われた。山の下ではソルグ川の水が夕立で増していて、それを無理に渡ろうとして溺《おぼ》れかかったものらしい。このように夜になっては、もう家《うち》へ帰ることは思いも寄らない恐ろしいことだ。お嬢さん一人で近道を捜しては行けないし、私が羊を置いて出かけることは出来ないのだから。山の上で夜を明かすとなると、何よりもまず家の人たちが心配すると思って、お嬢さんはひどく悩んだ。私は出来るだけ安心させた。

――七月は夜が短いんです。ほんのちょっとの我慢ですよ。

私はお嬢さんの足と、ソルグの水にぬれた服を乾かすため、大急ぎでどんどん火をおこした。それから羊の乳とチーズとを持って来たが、可哀《かわい》そうに暖まろうとも食べようともしなかった。目にたまった大粒の涙を見ると私も泣きたくなった。

そのうちすっかり夜になってしまった。山々の頂きにぼーっと日の光が、西の方に靄《もや》のような光が残っているだけだった。私はお嬢さんに、囲い場の中に入って休んでもらった。新しい藁の上に卸《おろ》したてのきれいな毛皮を延べて「おやすみ」と言った。そして表の戸口の前に坐《すわ》った……　神様が知っておいでになるが、私の思いは血を沸かすほど激しかったけれど、悪い心は少しも起こらなかった。ただ主家《うち》のお嬢さんが、囲い場の片隅、不思議そうに眺めている羊たちのすぐ傍《わき》で、――どの羊よりも大事な、どの羊よりも純潔な羊として――私に護《まも》られて安心して寝ているのだと思うと大きな誇りがあるばかりだった。空がこれほど深く、星がこれほど輝いて見えたことはなかった……と急に羊小屋の戸が開いて、美しいステファネットさんが現われた。お嬢さんは眠れなかった。羊たちが動いて藁をガサガサいわせたり、夢を見て鳴いたりしたからだ。お嬢さんは火のそばが恋しくなったのだ。そこで私はお嬢さんの肩に羊の皮をかけ、火をおこした。そして二人は並んで坐ったまま黙っていた。もしあなたがたが野天《のてん》で夜を明かしたことがあるなら、皆が眠っている時分、ある不思議な世界がしんとした静けさの中に目を覚ますのを御存じでしょう。その時、泉はますます朗らかに歌い、池や沼は小さな炎を点《とも》す。あらゆる山の精が自由自在に行ったり来たりする。そうして空中には葉ずれの音、耳に入らないような響きが、枝が大きくなり、草が伸びるように聞こえる。昼間は生物の世だが夜は物の世界だ。慣れない人には恐ろしい…… お嬢さんもすっかりおびえて、少しでも音がすると私の方にすり寄るのだった。ある時は下の方に光っている池から出た、もの悲しい長い叫びが波を打ちながら二人の方へ上がって来た。ちょうどその時一つの美しい流星が二人の頭の上をそれと同じ方向に流れた。まるで今聞いた嘆きが一つの光を連れて行ったのかと思うようであった。

——あれはなあに？　とステファネットさんが小声で尋ねた。

——天国に入る魂ですよ。そう言って私は十字を切った。お嬢さんも十字を切った。そうしてしばらく一心に空を仰いでいた。それから私にこう聞いた。

——じゃあ、あなたがた羊飼は魔法を知っているっていうのはほんとう？

——いいえ、ちっとも。だけどここにいると星に近いんで、平地にいる人よりか星の世界の出来事をよく知っているんですよ。

お嬢さんは相変わらず上を向いていた。頭を片手で支えて、羊の毛皮にくるまって、可愛い天の牧童のように見えた。

——まあ、たくさん！　きれいだこと！　こんなに見たの初めてだわ……　あなたあの名前を知っている？

——ええ、そりゃ……　いいですか、私たちのまっすぐ上にあるのが、あれが「聖ヤコブの道」(銀河)。あれはフランスからまっすぐにスペインへ行っています。勇ましいシャルルマーニュ皇帝がサラセンを討った時、ガリシアの聖ヤコブがあれをこしらえて、王様に道を教えたんです。もっと遠くにあるのは「魂の車」(大熊)で四つの車軸が光っています。その先を行く三つの星が「三匹の獣」で、その三番目の向こうの小さいのが

「車ひき」です。そのまわりにずっと雨の降っているように散らばってる星が見えますか？　あれは神様がおそばに置きたくないとおっしゃる魂なんです。その少し下のは「熊手」とも言うし、「三人の王様」(オリオン)とも言っています。私たちには時計の役をするんです。あれを見ただけで、いま真夜中過ぎだということがわかります。もう少し下がって、やっぱり南ですが、「ジャン・ド・ミラン」(シリウス)が光っています。星の中での松明《たいまつ》です。この星については、羊飼たちがこんな話をしていますよ。ある晩「ジャン・ド・ミラン」が「三人の王様」と「雛籠《ひなかご》」(昂《すばる》)とで仲間の星の婚礼に招《よ》ばれたっていうんです。「雛籠」は一番急いでまっさきに出かけて、高く上《のぼ》って行ったそうです。御覧なさい、あの高い所、空の天辺《てっぺん》です。「三人の王様」はもっと低い所を突っ切って「雛籠」に追いついたんです。ところがこの「ジャン」の無精者は寝過ごして、すっかり遅れてしまいました。で、怒って、前の二人を止めようとして持っていた杖を投げつけたんです。だから「三人の王様」はまた「ジャン・ド・ミランの杖」とも言います……　皆の中で一番きれいなのは私たちの星、「羊飼の星」です。明け方に私たちが羊を連れ出す時にも光れば、夕方入れる時にも光ります。私たちはこれを「マグロンヌ」とも言っています。美しい「マグロンヌ」は「ピエール・ド・プロヴァンス」(土星）の後を追って、七年目ごとに「ピエール」へお嫁に行くんです。

——まあ！　それじゃ星にもお嫁入りがあるの？

——そりゃ、ありますよ。

そうして私がそのお嫁入りとはどういうものかと説明していると、肩に何かさらりとした柔らかな物が軽くかかるのを感じた。それは眠って重くなった頭がよりかかったのであった。リボンやレースやちぢれた髪をいじらしく私に押しあてながら。お嬢さんはこうして身動きもせずに、空の星が朝日に消されて薄らぐ時までじっとしていた。私は胸をときめかしながら、美しい思いばかりを送ってくれたこの晴れた夜に聖《きよ》く護られて、お嬢さんの眠りを見守っていた。二人を巡《めぐ》って星は羊の群れのようにおとなしく静かな歩みを続けた。そうして私は、幾度も幾度も、この星の中で一番きれいな一番輝いた一つの星が道に迷って、私の肩に止まりに来て眠っているのだ、と胸に描いていた。

アルルの女

風車小屋を下りて村へ行くには、榎《えのき》を植えた大きな庭の奥にあって、道の近くに建っている「農家《マス》」の前を通る。赤瓦《あかがわら》で屋根を葺《ふ》き、栗色《くりいろ》の広い外壁には不規則に窓が開き、そして一番上に納屋の風見があり、刈草を巻き上げるのに使う滑車が見え、秣《まぐさ》の茶色の束が五つ六つはみ出していて、いかにもプロヴァンスの地主の家らしい……　どうしてこの家が私の心を打つのか、どうしてこの閉ざされた門が私の胸を痛ませるのか、それは言葉には表わせないが、この家を見るとぞっとするのだった。まわりがあまりに静かだ……　人が通っても犬は吠《ほ》えず、小紋鳥《こもんどり》は鳴きもせずに飛び去る……　家の中は声一つしない！　騾馬《らば》の鈴さえも聞こえない……　窓の白い窓掛《カーテン》と、屋根から上《のぼ》る煙とがなかったら、誰も住んでいないと思われたろう。

昨日、昼に、私は村からの帰りがけ、陽《ひ》を避《よ》けて、この家の壁に沿い、榎の木陰を歩いていた……　家の前の往来で、男たちが黙々と秣を荷車に積んでいる……　門は開いたままになっていた。通りがかりにのぞいて見ると、庭の奥に、頭を両手で抱《かか》えて大きな石のテーブルに肘《ひじ》をついた、背の高い髪の毛の真っ白な老人がいた。短い上衣《うわぎ》を着、ぼろぼろの半ズボンをはいている……　私は立ち止まった。男の一人が低い声で私に言った。

――しーっ！　旦那《だんな》ですよ……　息子さんの不幸があってからはいつもああなんです。

その時、喪服を着た女と、小さな男の子とが、金縁《きんぶち》の厚い祈りの本を手にして、私たちのそばを通り、家の中へ入った。

男がまた言った。

――……ミサから帰ったおかみさんと御次男ですよ。息子さんが自殺してからは毎日お出かけです……　ねえ、旦那、お傷《いた》わしいこってさあ！　親父《おやじ》さんはまだ死んだ人の服を着ています。脱がそうたって聞きやしません……　ハイハイ！

車は一揺れして動き出した。私はこの話をもう少し詳しく知りたかったので、御者のそばに乗せてもらった。こうして、車の上で、秣に囲まれて、この悲しい物語の一部始終を聞いたのである……

彼はジャンと言った。二十歳《はたち》になる立派な百姓で、小娘のようにおとなしく、体は頑丈で、顔は明るかった。顔が美しいので、女たちの目を引いたが、彼の頭には一人の女性しかなかった。——天鵞絨《びろうど》とレースずくめの若いアルル(11)の女で、アルルの闘技場で一度会ったことがある。——農家では初め、この関係を喜ばなかった。女は浮気者として知られていたし、両親がこの土地の者でなかったから。しかしジャンはどうしてもこの女を欲しがっていた。

——あの女がもらえなければおれは死んでしまう、と繰り返した。

仕方がないので、収穫《とりいれ》がすんだら結婚させるということに決まった。

ある日曜日の夕方、農家の広場では、家族の夕食が済みかけていた。結婚の祝宴のようだった。席には見えなかったが、新婦のために皆は絶えず杯をあげた……　すると一人の男が戸口に現われ、声をふるわせて、エステーヴ親方に話がしたい、親方にだけ、と言った。エステーヴは立ち上がって往来へ出た。

——親方、と男は言った。あなたは二年間私の情婦だったあばずれ女を息子さんの嫁にしようとしていらっしゃる。私の言うことは本当です。これがその手紙です！……両親もすっかり承知して、私に約束しました。けれどあなたの息子さんがあの女を欲しがってからは、親たちも女も私をかまってくれません……　でもこんなことがあった以上、まさか別の男の嫁にはなれまいと思っていました。

——よろしい！　と手紙を見てエステーヴ親方が言った。家《うち》へ入って、マスカット葡《ぶ》萄酒《どうしゅ》でも一杯やらないか。

男は答えた。

——有難う！　喉《のど》の渇きより胸の方が苦しいんです。

こう言って彼は立ち去った。

父親は何気ない様子で戻り、再び食卓についた。そして食事はにぎやかに終わった……

その晩、エステーヴ親方と息子とは一緒に畑へ行った。二人は長い間戸外《おもて》にいた。帰って来た時に母親はまだ彼らを待っていた。

——おい、と地主は息子を母親の所に連れて来て言った。抱いておやり！　可哀《かわい》そうな奴さ……

ジャンはもうアルルの女の話はしなかった。しかしいつも彼女を愛していた。他の男のものだと聞いてからは、いっそう愛するようになった。ただ、自尊心が強かったので何も言わなかった。可哀そうに、こうした気性が彼を殺したのだ！……　ある時は朝から晩までたった一人片隅《かたすみ》でじっと過ごした。また他の日にはもの狂おしいように畑に出て、一人で日雇い十人前の仕事をやってのけた……　夕方になるとアルルへの道を、高い町の鐘楼が西の方に見える所まで、まっすぐに歩いて行った。そしてそこから引き返すのであった。決してそれより遠くへは行かなかった。

こんな風に彼がいつも悲しそうに一人でいるのを見ると、農家の人たちはどうしていいかわからなかった。人々は災いが起こらねばいいが、と思うのだった……　ある時、食卓で、母親は目に涙を一杯ためて彼を眺めながら言った。

——いいかい、ジャン！　どうしてもあの女が欲しいなら、添わしてあげるよ……

父親は恥じて赤くなり、うなだれた……

ジャンは首を横に振って戸外《おもて》へ出た……

この日から、彼は生活振りを変えて、両親を安心させるためにいつも陽気な風を装った。舞踏会《バル》に、酒場《カバレ》に、牛祭り《フェラード》に彼の姿が再び見られた。フォンヴィエイユのお祭りでは、ファランドールの音頭をとった。

「あれはなおった」と父親は言ったが、しかし母親は相変わらず不安だった。そして前よりもいっそう息子に注意した……　ジャンが養蚕室《ようさんしつ》のすぐそばに弟と一緒に寝るので、母親は彼らの部屋の隣に床《とこ》をとらせた……　夜中に蚕《かいこ》のことで用事があるかも知れないと言って。

地主たちの守護神である聖エロアの祭日が来た。

農家では皆大浮かれだった……　シャトー＝ヌフが飲めるし、ヴァンキュイ〔煮葡萄酒〕は雨のようにそそがれる。また、広場では花火が上がり、火が燃やされ、榎には一杯に色提灯《いろちょうちん》がつるされる……　聖エロア万歳！　みんなへとへとになるまで踊った。弟は新しい上《うわ》っぱりを焦がした……　ジャンも楽しそうであった。彼は母親を踊らせようとした。可哀そうに母親は嬉し涙をこぼした。

真夜中に人々は寝床へ行った。みんな眠かった……　しかしジャンは眠らなかった。あとで弟は、一晩じゅうジャンがすすり泣きをしていたと話した……　ああ、どんなに苦しんだことだろう……

翌日、明け方に、母親は誰かが自分の部屋を走り抜けるのを聞いた。彼女はある予感に襲われた。

——ジャン、ジャンじゃない？

ジャンは答えなかった。もう階段の所にいる。急いで母親は起き上がった。

——ジャン、どこへ行くの？

ジャンは屋根裏に上がった。母親もそのあとから上がる。

——おまえ、お願いだから！

ジャンは戸を閉めて、閂《かんぬき》をさした。

——ジャン、私のジャネ、返事をしておくれ。おまえ、どうしようというの？

手探りで、老いた手を震わせながら、彼女は錠を捜す……　窓が開いて、庭の敷石の上に物の落ちた音がして……　それっきりだった……

可哀そうにジャンはこう考えたのだ。「どうしても思いきれない……　死んでしまお

う……」全く、私たちの心はみじめなものだ！　だが、いくら相手を軽蔑《けいべつ》しても思いき

れないとは何ということであろう！……

その朝、村の人たちは、エステーヴの農家の方で誰があんなに叫んでいるのだろうと尋ね合った……

それは庭の露と血とでぬれた石のテーブルの前で、死んだ子供を両腕で抱いて胸も露《あら》わに、嘆き悲しんでいる母親であった。

法王の騾馬

プロヴァンスの農夫たちが、話を美しくするために使う、あらゆる面白い諺《ことわざ》や格言のうち、これほど素晴らしい、これほど風変わりなものを私は知らない。風車小屋の周囲十五里以内では、執念深く、復讐《ふくしゅう》に燃えている男のことを話す時、「あの男に気をつけろ！……　七年間足蹴《あしげ》を企《たくら》んでいた法王の騾馬《らば》みたいな奴だぞ」と言う。

この諺がどこから起こったのか、法王の騾馬とは、また七年間企んでいた足蹴とは何のことか、私はずいぶん長い間、捜してみた。土地の者は誰一人この問題を説明することが出来ない。プロヴァンスの昔話なら一から十まで知っている笛吹きのフランセ・ママイさえも知らない。彼も私のように、このことに関してはアヴィニョン(12)地方に何か故事来歴があると考えている。が、その彼も諺として用いられるのを聞くばかりだった。

――そりゃきっと蟬《せみ》の図書館だけにあるんでしょうよ、と笛吹き爺《じい》さんは笑いながら言った。

なるほどと思った。蟬の図書館なら、すぐ家《うち》の前にあったから、一週間ばかり通い続けた。

これは驚くべき図書館で、素晴らしく充実し、日夜詩人に開放されて、たえず音楽を奏しているシンバル叩《たた》きの小さな図書係が、用を達《た》してくれる。私はそこで気持のよい数日を送り、一週間——仰向《あおむ》けになって——研究の結果、ついに私の望みのもの、すなわち例の騾馬と七年間企んでいた有名な足蹴の物語を見つけ出したのである。この小話《コント》は少し単純《ナイーヴ》だが面白いから、昨朝《きのう》読んだままを君にお伝えしようと思う。乾いたラヴェンダーのよい香りがして、しおり代りに大きな蜘蛛《くも》の糸があり、青空を素地にした写本中にあったのである。

法王在《いま》せし頃のアヴィニョンを見ぬ者は、何も見ないと同じこと。陽気で、元気で、にぎやかで、祭りの活気のあること、これに並ぶ町はない。朝から晩まで、行列だ、巡礼だ、花で埋《うず》まり竪機《たてはた》を敷きつめた往来だ。長旗を風に翻《ひるがえ》し、飾り立てた船でローヌ河

を枢機官（カルディナル）たちのお成りだ。広場ではラテン語の歌をうたう法王の兵士たち、托鉢僧（たくはっそう）のガラガラ鳴らす鳴り物の音、そのうえ巣を囲む蜜蜂《みつばち》のように、法王の広大な宮殿の周囲にひしめき合って集まる家々の、上から下までがまた、レース職人のカタカタ鳴らす音、式服の金糸を織る梭《おさ》の往来、酒水びん《ビュレット》に彫刻する人たちの細かい槌《つち》の音、弦楽器作りの家で調律している音響板、経糸整女《ウルディスーズ》の賛美歌、その上にかぶさるように、鐘の音と、かなた橋のそばでひっきりなしに鳴るタンバリンの音。これというのも我々の所では、人々が満ち足りた時は踊らずにはいられないからだ。踊らずには。また、この頃は町の通りが狭すぎてファランドールが出来ず、笛とタンバリンとがアヴィニョンの橋の上、ローヌ河の涼風《すずかぜ》の中に陣取ったので、昼となく夜となく、そこで踊るわ、踊るわ……ああ、楽しき時代！　楽しき町！　まさかり付きの鎗《やり》は突くものがなく、政府の監獄は葡萄酒《ぶどうしゅ》の冷蔵庫となった。飢饉《ききん》はなし、戦争はなし……　かくの如く《ごと》、法王領《コンタ・ヴネサン》の法王は、その民を統《す》べていく道を心得ていた。それで人民もあんなに法王を追慕したのである！……

なかでも一人、ボニファスと呼ばれる老法王があった…… ああ、その没するや、アヴィニョンではこの法王のために、どれほど多くの涙が注がれたことか！ 至って親切で柔和な君主だった！ 騾馬の上からにこやかに笑いかける！ そのそばを通ると――たとえそれが茜《あかね》作りであろうが、町の大司法官であろうが――丁寧に祝福を授ける！ まさしくイヴトー[13]の法王、もっともプロヴァンスのイヴトーだが、笑顔のうちにどことなく品があり、三角帽子に一本のマヨラナを差し、ジャンヌトン[14]は影もない…… この善良な法王に、今までに知られた唯一のジャンヌトンといえば、その葡萄園――アヴィニョンから三里、シャトー＝ヌフのミルト林にある彼の手づくりの小さな葡萄園だ。

毎日曜日、夕拝式《ヴェーブル》がすむと、この立派な御方はそこへ御機嫌を伺いに行く。騾馬を傍らに、日向《ひなた》に坐《すわ》り、枢機官《カルディナル》たちがまわりの切株にくつろぐと、法王はここで出来た葡萄酒の栓《せん》を抜かせる。――ルビー色のこの見事な葡萄酒は、以後、法王のシャトー＝ヌフと言われるようになった。法王は愛《いとお》しげな面持で葡萄園を眺めながら、ちびりちびりと味わう。やがて、びんが空《から》になり日が暮れると、一同を引き具し、楽しそうに町へ帰るのだった。そしてアヴィニョンの橋の上、太鼓やファランドールの間を通る時、楽《がく》の音《ね》に浮かされた騾馬が、ピョンピョン小刻みに駆け出すと、法王自身は三角帽子を打ち振り打ち振りダンスの足取りをする。これには枢機官《カルディナル》たちも眉《まゆ》をひそめたが、人民は口をそろえて言った。「おお、優しい殿様！　何てお人の良い法王様！」

シャトー＝ヌフの葡萄園についで、法王がこの世で一番好きなものは、その騾馬だった。王は、この動物に夢中であった。毎晩床《とこ》につく前に、厩《うまや》の戸がしっかり閉まっているか、秣桶《まぐさおけ》の中身に不足はないかと見に行く。そして、食卓を離れる時は必ず目の前で、砂糖や香料を豊富に混ぜたフランス風葡萄酒(15)をどんぶりいっぱい用意させ、枢機官《カルディナル》たちの反対もかまわずに、自分で騾馬の所へ持って行く……　動物の方にもそれだけの値打ちがあることは言うまでもない。赤斑《あかぶち》の美しい黒騾馬で、足は確か、毛は輝き、尻《しり》は大きく肥えている。結《むす》び布《ぎぬ》、くくり玉、銀の鈴、リボンの房で飾られた、小さなやせ首を得意そうに持ち上げている。そのうえ天使のように優しく、目はうぶで、二つの長い耳がいつも動いているところは、あどけない子供といった感じである。アヴィニョンを挙げてこの騾馬を敬い、往来《みち》を行く時は礼儀の限りを尽くした。というのは、それが法王に気に入られる最良の方法であり、また、例えばティステ・ヴェデーヌとその特異な事

件の如《ごと》く、法王の騾馬が何食わぬ顔をしながら出世させた者は一人に止《とど》まらない、ということを各自《めいめい》知っていたからである。

このティステ・ヴェデーヌは元来ずうずうしい腕白者だった。何一つしようとせず、弟子たちをそそのかすので、父親の金彫師ギー・ヴェデーヌは仕方なく勘当してしまった。半年間アヴィニョンのあらゆる場所、とりわけ法王宮の近くをぶらつく姿が見られた。これは彼が以前から、法王の騾馬に対してある考えを持っていたからで、それが性質の悪いものだったことは、やがて諸君にも分かるだろう……ある日、法王がただ一人、騾馬に乗って城壁の下を散策していると、現われ出たティステは法王に近づき、感に堪《た》えないという様子で、手を合わせながら言った。

——ああ！　これは、これは、法王様、何とまあ素晴らしい騾馬をお持ちでしょう！……しばらく私に拝見させて下さいまし……ああ、御立派な騾馬で！……ドイツ皇帝だってこういうのは持っておられません。

そして騾馬をなで、小娘にものを言うように優しく、

——さあ、いらっしゃい、私の宝石、宝物、美しい真珠……

そこで人の良い法王はすっかり感動して、思った。

——感心な小僧じゃ……　わしの騾馬をよう労《いたわ》る！

そしてその翌日、何が起こったか？　ティステ・ヴェデーヌは古びた黄色の上衣《うわぎ》を、レースの美しい僧衣、紫の絹の法衣《ころも》と取り換え、止金《とめがね》付きの靴をはき、法王の聖歌隊の中へ入ったのだ。それまでは、貴族の子弟や枢機官《カルディナル》の甥《おい》でなければ断じて入られなかった所へ……　これがすなわち策略というものである！……　しかしティステ・ヴェデーヌはそれだけでは満足できなかった。

一度《ひとたび》法王に仕えると、まんまと当たった芸当をさらに続けた。あらゆる人に横柄で、騾馬より他の者へは、厚意も親切も示さない。一握《ひとつか》みのからす麦か、一束《ひとたば》の岩おうぎを持っていて、法王の露台《バルコン》を仰ぎながら桃色の房を静かに振って、「どうです！……　こりゃどなたのためでしょう？……」と言わんばかりの様子をする彼の姿がいつも王宮の中庭で見られた。そのうちにやがて、善人の法王は身の老いを感じ、厩の番や、フランス風葡萄酒のどんぶりを騾馬に届ける世話を彼に委《ゆだ》ねるようになった。これは枢機官《カルディナル》たちには嬉《うれ》しいことではなかった。

また、騾馬にだって嬉しいことではなかった…… 今では、葡萄酒の時間になると、いつでも五、六人の聖歌隊の小坊主どもがやって来て、法衣《ころも》やレースのまま素早く藁《わら》の中へもぐり込む。それから少し経《た》つと、焼砂糖《カラメル》や香料のうまそうな温かい香りが厩にたちこめる。するとティステ・ヴェデーヌが大切そうにフランス風葡萄酒のどんぶりを持って現われる。それからこの哀れな動物の受難が始まるのだ。

騾馬の大好きな、身体《みうち》を温め飛び立つように元気づけてくれるこの芳《かんば》しい葡萄酒、それを残酷にも、そこの秣桶の中まで持って来て、嗅《か》がせるのだ。そして、鼻の穴をいっぱい膨《ふく》らませると、それ、もうよし！ 薔薇《ばら》色《いろ》に燃える美しい飲み物はことごとく例のいたずら小僧どもの喉《のど》へ去《い》ってしまう…… そして、酒を盗むだけならまだしもだが、酒を飲んだが最後、この小坊主どもは、まるで悪魔のようになる！ 一人は耳を引っぱる。一人は尻尾《しっぽ》を引っぱる。キケは背中に乗っかる、ベリュゲは三角帽子をかぶらせてみる。だが、腰を一振りやるか、あるいは、足蹴《あしげ》一つで、勇ましい動物はこんな手合を全部、北極星かもっと遠方まで送ってしまえることを腕白どもは一人として考えなかった…… 考えるものか！ 何しろ法王の騾馬といえば大したもの、恵み深く寛大な騾馬なのだから…… 子供たちが何をしたって腹を立てやしない。ただティステ・ヴェデーヌにだけ、恨みを抱いていた……　例えば背後にこいつのいるのを感ずると、蹄《ひづめ》がむずむずした。そして実際それも無理のないことだった。この悪戯者《いたずらもの》ティステはひどい悪ふざけをやったのだ！　酒を飲むとずいぶん酷《むご》いことを思いつくのだった！……

ある日、聖歌室の塔、あの高い、一番高い宮殿の天辺《てっぺん》へ騾馬を上がらせようと企んだのだ！……　これは小説《コント》ではない。二十万のプロヴァンスの人が見たのである。哀れな騾馬の恐怖！　らせん階段をめくら滅法、一時間も回って、いくつあるか数えきれぬ階段をよじ登ったあげく、突然、光まばゆい物見台に出た時、そして脚下千フィートの所に、夢のようなアヴィニョン全市、榛《はしばみ》の実くらいの大きさの貧弱な市場、赤蟻《あかあり》のように兵営の前に集《つど》う法王の兵士、またかなた銀糸の上に、人々の踊り狂う小さな橋を見つけた時の気持……　ああ、可哀《かわい》そうに、どんなに驚いたろう！　騾馬のあげた叫び声に、宮殿の窓ガラスがことごとく震動した。

——何事だ！　騾馬がどうかしたのか！　と、善良な法王は露台《バルコン》へ飛び出して叫んだ。ティステ・ヴェデーヌは既に広場にいて、泣き顔をし、髪をかきむしりながら、

——ああ、法王様！　実は、あなた様の騾馬が……　本当に、私どもはどうなりましょう？　騾馬が塔へ上がってしまいまして……

――たったひとりで??

――はい、法王様、たったひとりで…… まあ、御覧なさいまし、あの高い所を……耳の端がはみ出ているのがお見えになりますか? まるで二羽の燕《つばめ》のようで……

――大変じゃ! と気の毒な法王は、見上げながら言った…… こりゃ気が狂ったのじゃ! 死ぬかもしれん…… 下りてこいよ。ふびんな奴め!……

あわれ! 騾馬だってどんなに下りたかったことであろう!…… しかし、どこから? 階段は思いも寄らぬ、上がるのはまだいいが、下りるとなると百度も足を折りかねない…… で、可哀そうに、騾馬はしおれ返り、しきりに眩暈《めまい》のする大きな目をして、物見台をさまよいながら、ティステ・ヴェデーヌのことを考えた。

――おのれ、悪党め! 助かりさえしたら…… 明日の朝、うんと蹴ってやるから!

足蹴のことを思うと、腹にいささか力が出た。さもなければ、もう体がもたなかったろう…… やっと物見台から引き下ろされた。が、それは全く大仕事だった。起重機や縄や釣台で下ろさなければならなかった。そして諸君も考える通り、糸の先の黄金虫《こがねむし》みたいに、肢《あし》を宙に泳がせながら、その高みにぶら下がるのを見られるなんて、法王の騾馬にとって、どんなに恥辱だったことか。しかもアヴィニョンじゅうの人がそれを見ていたのだ！

可哀そうに、騾馬はその夜眠れなかった。足元の町の笑い声のうちに、いまいましい物見台をいつまでもぐるぐる回っているような気がした。騾馬はあの下劣なティステ・ヴェデーヌのこと、翌朝食《く》らわせようという愉快な足蹴のことを考えた。ああ、諸君、何という足蹴！　パンペリグーストからでも、土煙が見えるかも知れない……　さて、厩でこんな素晴らしいもてなしをもくろんでいる間、ティステ・ヴェデーヌは何をしていたか？　彼は法王の船に乗って歌をうたいながらローヌ河を下り、若い貴族の一群とナポリの宮廷へ去《い》ってしまった。これは外交術や礼儀作法を修業するため、ジャンヌ女王の許《もと》へ町が毎年派遣するのである。ティステは貴族ではない。が、法王は彼が騾馬に尽くした世話と、とりわけ例の救助の日に発揮した活躍に報いたいと思ったのだ。

翌日がっかりしたのは騾馬だった！

——おのれ、悪党め！　何か感づきおった！……　と腹立たしく鈴を振りながら考えた……　なに、構うもんか、あばよ、性悪《しょうわる》め！　帰ったら足蹴を御馳走《ごちそう》するぞ……　まあ、しまっておくこった！

で、騾馬はそれをしまっておいたのである。

ティステが発《た》ってしまうと、法王の騾馬は平穏な生活と以前の態度とを取り戻した。厩にはもうキケもベリュゲもいなかった。フランス風葡萄酒の楽しい日々がまためぐって来て、それと一緒に、上機嫌と長い午睡《ひるね》、それからアヴィニョンの橋を通る時の、ガヴォット曲に合わせる小股《こまた》歩きも復活した。しかし例の事件以来、町の人たちはいつも冷淡な様子を見せた。往来ではささやく声が聞こえ、老人たちは頭を振り、子供たちは塔を指して笑うのだ。人の良い法王までが、仲よしの彼に今まで通りの信用は置かなくなった。そして、日曜日に、その背中で仮睡《うたたね》をしたまま葡萄園から帰る時、心の奥にいつもこういう考えが潜んでいた。「目が覚めたら、あの物見台にいるんじゃないかな！」騾馬にはそれがよく分かったが、何も言わずに耐え忍んだ。ただ、彼の前でティステ・ヴェデーヌの名を口にすると、長い耳を震わし、にやりと笑って、敷石の上で蹄を研《と》ぐのだった。

かくして七年は過ぎ去った。そして七年目の終りにティステ・ヴェデーヌはナポリの宮廷から帰って来た。彼の滞在期間が終わった訳ではない。アヴィニョンで法王の近侍長が急死し、その地位が望ましいので、候補者になるために大急ぎで帰ったのだった。

この腹黒いヴェデーヌが宮殿の広間に入った時、法王はなかなか思い出せなかった。

それほど彼は背が高くなり、肥《ふと》ったのだ。法王の方でもまた、年をとってしまい、眼鏡がないとよく見えなくなっていた。

ティステは平気な顔で言った。

——なんでございます、法王様、もう私がお分かりにならないんですか？……　私ですよ、ティステ・ヴェデーヌです！……

——ヴェデーヌ？

——そうですとも、よく御存じの……　法王様の驃馬にフランス風の葡萄酒を持って参った男ですよ。

——ああ、なるほど……　なるほど……　覚えとる……　可愛《かわい》い子供だったのう、あのティステ・ヴェデーヌは！……　で、今、何を所望かな？

——ええ、少しばかり、法王様……　お願いというのは……　それはそうと、相変わらずお抱《かか》えでございますか、あの驃馬を？　して、あれは息災でございますか？……ああ、それは何よりで！……　私は先ごろ亡くなりました近侍長の地位をお願いに参りました。

——近侍長だと、おまえが！……　おまえは若すぎるよ、いったい何歳《いくつ》だね？

——二十歳と二カ月でございます。法王様、騾馬より五カ月だけ年長でございます……　ああ、全くよい騾馬でございましたなあ！……　どんなに私はあの騾馬を愛しておりましたでしょう！……　どんなにイタリアであれのことを思い焦がれましたことやら！……　あの騾馬に会わせて下さいませんでしょうか？

——よいとも、おまえ、会うがいいよ、と人の良い法王はすっかり感動して言った……あの愛《う》い奴を、それほどまで可愛がってくれるのなら、おまえをあれから離しておきたくはない。今日から近侍長の資格で、おまえを手元に止めておく……　枢機官《カルディナル》たちがうるさかろうが、やむをえん！　それには慣れとるわしじゃ……　明日夕拝式《ヴェープル》が済んだら、わしに会いに来い。僧会員の前で、位階の標章を授ける。それから……　わしはおまえを騾馬の所へ連れて行って会わしてやろう。そして、皆で葡萄園へ行こう……ははは！　さ、よし、さがれ……

ティステ・ヴェデーヌが大広間を出る時どんなに喜んでいたか、どんなに翌日の式を待ちかねたか、言う必要もあるまい。しかし王宮には、誰かしらもっと楽しんでいる、またもっと待ちかねている者があった。すなわち騾馬である。ヴェデーヌが帰ってから、翌日の夕拝式《ヴェープル》まで、この恐ろしい動物はひっきりなしにからす麦を詰め込み、後足《あとあし》の蹄で壁をねらい打つのだった。騾馬もまた、式に備えるところがあったのだ……

　さて、あくる日、夕拝式《ヴェープル》が済むと、ティステ・ヴェデーヌは法王宮の中庭に入って来た。高僧が居並んでいた。赤い衣の枢機官《カルディナル》、黒天鵞絨《くろびろうど》のお目付役、小さな僧帽をかぶった修道院長、聖アグリコの教会理事、紫衣《しえ》の聖歌隊、また、位の低い僧、すなわち、制服を着けた法王の兵士、三組の苦業団、荒々しい顔付きのヴァントゥー山の修行者、鈴を携えて背後に続く雛僧《ひなそう》、腰まで露《あら》わな受刑信者《フラジュラン》、盛装した聖器守《せいきもり》、また、聖水を授ける者、灯明を点《つ》ける者、消す者に至るまで……欠けた者は一人もいない……ああ、華やかな叙聖式だ！　鐘、爆竹、花火、音楽、それから彼方《かなた》、アヴィニョンの橋の上で踊りの音頭をとるタンバリンの騒音……

　ヴェデーヌが会衆の真ん中に現われた時、その威厳と美しい顔が、賛嘆のささやきを満座に走らせた。堂々たるプロヴァンスの男、毛色はブロンドで、端の縮れた豊かな髪と、金彫師である父親の鑿《のみ》から出た貴金属の削りくずをとってつけたようなちびひげがある。このブロンドのひげにジャンヌ女王の指が時どき戯れたという噂《うわさ》が流布していた。そして、ヴェデーヌ殿下は、真《まこと》に女王たちが可愛がられる男たちの派手な様子と、うっとりする目つきとを持っていた……　その日は、国家に敬意を表して、ナポリの衣装をプロヴァンス風の薔薇色に縁取った上衣に着替え、帽子の上には、カマルグ産の朱鷺《とき》の大きな羽毛が震えていた。

近侍長はさっそく優雅な態度で会釈をし、高い階段の方へ向かった。そこに法王がその位階の標章、すなわち黄色い黄楊《つげ》の匙《さじ》と、サフラン色の服を授けるために待っている。驟馬は階段の下にいた。支度を整え、葡萄園に出《い》で立つばかりになっている……　ティステ・ヴェデーヌはそのそばを通った時、にっこりと微笑《ほほえ》み、法王が見ているかどうか横目でうかがいながら、立ち止まって、驟馬の背を二、三度軽く親しみをこめて叩いた。地の利やよし……　驟馬は踊り上がった。

——さあ食らえ！　悪党め！　七年間のおあずかりだ！

そして、すさまじい足蹴を一発放った。あまり猛烈だったので、パンペリグーストからでさえ、その土煙、金色の煙の渦が見えたのである。その中には朱鷺《イビス》の羽毛が翻っていた。これが哀れなティステ・ヴェデーヌの唯一の形見だったのだ！……

驟馬の足蹴は、普通こんなに恐ろしいものではない。が、これは法王の驟馬である。しかも、七年も前からの取っておきなのだ！……　こと、宗門に属する恨みで、こんなすてきな例はあるものではない。

サンギネールの灯台

昨夜《ゆうべ》は眠れなかった。ミストラルが荒れ狂ってものすごく吹きまくる音に、朝までまんじりともしなかった。こわれた翼が、烈風に叫びをあげる船の索具《さくぐ》のように、音を立てて重苦しく揺れ、風車小屋全体がきしむのだった。瓦《かわら》は散《ち》り散《ぢ》りに屋根から飛び去る。遠く、丘をおおう松の密林は、暗黒《やみ》の中にざわめき、うなる。まるで、海原の真中《ただなか》にいるようであった……

私は三年前、あのコルシカ沿岸、アジャクシオ湾の入口にあるサンギネール灯台にいた時の、打ち続く不眠の夜をまざまざと思い出した。

これもまた、夢見るため、独《ひと》り居《い》のために捜しあてた、快い片ほとりであった。

赤味を帯びた、殺風景な一つの島を想像して下さい。一角には灯台、他の端にはジェノヴァ風の古塔が一つ、これには私のいた当時、一羽の鷲《わし》が住んでいた。低く、浜辺には、荒れ果てて一面草に埋《うず》もれた隔離所、また、雨に削られた、小さなくぼ地、密林、大きな岩、野育ちの山羊《やぎ》やたてがみを風になびかせて跳《は》ね回るコルシカ小馬、そして、はるか高く、島の頂きの海鳥が乱れ舞う所に、灯台守《とうだいもり》の家がある。番人の縦横に歩き回る白い石造りのテラス、緑に塗ったゴシック式の扉、鋳鉄の小さな塔、塔の上に、太陽に照り映えて昼でも光る切子《きりこ》ガラスの大ランプ……　これが昨夜《ゆうべ》、丘の松がうなるのを聞きながら、思い起こしたサンギネール島である。風車小屋を手に入れる前、大気と孤独が恋しくなって時どき閉じこもりに行ったのは、この愉《たの》しい島であった。

私のしていた仕事?

それはここでしていることよりも少ない。ミストラルやトラモンターヌのあまり強くない時は、鷗《かもめ》、磯《いそ》ひよどり、燕《つばめ》などを友に、波の面にすれすれな二つの岩の間へ行って坐《すわ》る。そうして、海を見つめることによってすべてを忘れ、快く身を打たれたようになって、ほとんど終日ここで過ごすのであった。諸君もおそらく御存じであろう、あの魂の美しい酔い心地を。考えるのでもない、夢を見るのでもない。身も心も我を逃《のが》れ出《い》で、飛び去り、散り失せる。わが身は水に潜る鷗、陽《ひ》を受けて二つの波頭の間に漂う水の泡、遠ざかり行くあの郵便船の白い煙、赤い帆かけた珊瑚船《さんごぶね》である。この波の珠《たま》と砕け、かの雲の一片《ひとひら》と流れる。すべてありとある我ならぬものに……　ああ、この島に半睡《まどろみ》と忘我の快い時をいかばかり過ごしたことか！……

風の荒れる日は、汀《みぎわ》にはいられないから、隔離所の中庭にこもった。迷迭香《まんねんろう》や野生の苦《にが》よもぎの豊かに薫《かお》る、ささやかな寂しい庭であった。ここで、古い壁によりかかって、私は静かに、荒廃と悲哀のほのかな香りの身に襲いかかるにまかせた。その香りは、古代の墓地のように口の大きく開いた石造りの小屋の中を、陽の光とともに漂っていた。時々、何か扉を叩《たた》く、草の中を軽く跳ねる……　それは風を避《よ》けて草を食《は》みに来る一匹の山羊であった。私を見て驚いて立ち止まる。そうして、根が生えたように目の前にじっと立っている。活発な様子、角《つの》を高く立て、あどけない目で私を眺めながら……

五時頃になると、番人のメガフォンが夕食に呼ぶ。そこで私は、海にのぞむ急な斜面に生い茂った木立《こだち》の細道をたどる。そうして、登るにつれて広がるように見える、水と光の無限に広い水平線を一足ごとに振り返りつつ、ゆっくりと灯台の方へ帰るのである。

丘の上は美しかった。大きな畳石を敷き、樫《かし》の腰板を張った、あの麗しい食堂、中央

に湯気を立てているブイヤベース(16)、白いテラスに臨んで大きく開かれた扉、そして一杯に射《さ》し込む夕日、今でも目に見えるようだ……　ここで番人たちは私を待って食卓についた。三人いて、一人はマルセイユ、二人はコルシカの男である。三人とも小男で、ひげもじゃで、同じように日焼けした、皺《しわ》のよった顔に、いずれも山羊の毛皮の「合羽《プローヌ》」を着ているが、物腰、気質は全然《まるきり》反対であった。

　彼らの暮らしぶりを見れば、すぐ、この二国人の差異《ちがい》が分かる。マルセイユの男は、器用で、活発で、いつも忙しそうに、絶えず活動している。朝から晩まで島を駆け回って、畑を作る、釣りをする、「グーアイユ」(17)の卵を集める、木立の中に待ち伏せて、通りがかりの山羊をつかまえ乳を搾《しぼ》る。アイオリかブイヤベースがいつも用意されている。コルシカの男たちの方は、自分の勤務《つとめ》以外には、絶対に仕事をしない。彼らは役人になったつもりで、終日台所で、際限《はてし》ないスコパの勝負に暮らす。休むといえば、もったいぶった様子でパイプに火を点《つ》けるか、大きな緑の煙草《たばこ》の葉をはさみで掌《たなごころ》に刻む時だけであった……　しかし、マルセイユの男も、コルシカの男も、皆、単純で素朴な好人物で、その賓客には至って親切であった。実際は私がずいぶん風変わりな旦那《だんな》に見えたに違いないのだが……

まあ考えてごらんなさい。面白ずくで灯台に閉じこもるとは!……　灯台守といえば一日一日を千秋の如《ごと》く思い、陸《おか》へ行く番が来た時にはどんなにか嬉《うれ》しいのに……　良い季節には、この大きな喜びは毎月まわってくる。灯台勤務三十日につき、陸上十日、これが規則である。しかし、冬だの、時化《しけ》だのには、もう規則も何もあったものではない。風がうなり、波が怒《いか》り、サンギネールの島々が泡で白くなると、勤務番人は二、三カ月立て続けに、折々は恐ろしい日夜をさえ過ごしつつ、こもりきりになる。

――私はこういう目に遭《あ》ったことがあるんです、旦那。――ある晩、皆で食事をしている時、バルトリ爺《じい》さんが話し出した。――五年前、私はこういう目に遭ったことがあるんです、こうして囲んでいるこのテーブルで。ちょうど今晩のように、冬の夜でした。その晩、灯台には私とチェッコという仲間と二人きり……　他の者は病気だの、休暇だので、陸《おか》に上がっていました……　私たちが静かに夕飯《めし》をすまそうとすると……　急にこの仲間が食べやめて、ちょっとの間、妙な目つきで私を見たと思ったら……　パタリ!　腕を前に伸ばしたまま、テーブルの上に突っ伏《つぷ》したじゃありませんか。私は近寄って、やっこさんを揺すぶり、名前を呼びました。

――おーい、チェー公!……　おーい、チェー公!……

返事がありません。もう死んでいたんです……　どんなに魂消《たまげ》たか、お分かりでしょう！　私は一時間あまり死体を前にぼんやり震えていましたが、突然、「灯台《あかり》は？」と気がつきました。すぐさまランプ室に登って火を点けました。もう日は暮れていました……　何という夜だったでしょう、旦那！　波の音も風の声も、もうただじゃありません。しょっちゅう階段《はしご》で誰かが私を呼んでるような気がします。おまけに熱が出て来る、喉《のど》は渇いてくる！　しかし、下りろと言われたって下りられるもんですか……　死人があまり恐ろしくって。それでも暁方《あけがた》には、少し胆《きも》が据わってきました。私は仲間を寝床へ連れて行き、布をかけて、ちょっとお祈りを上げておいて、すぐに危急信号を出しました。

あいにく、海はひどく荒れていて、呼んでも呼んでも届かばこそ、誰も来やしませんせん……　こうして私は可哀《かわい》そうなチェッコと灯台の中に二人きりです。いつまでだか分かりません……　船が来るまでそばに置いておければいいが、と思っていましたが、三日目の終りにはもうだめでした……　どうしようか、外に持ち出すか、埋めるか、といっても岩は堅すぎるし、島には鴉《からす》がうんといます。この信者を鴉どもにやっちまうのは可哀そうです。そこで、隔離小屋の一室に担いで下りようと思いました……　この悲しい骨折り仕事は、午後《ひるすぎ》いっぱいかかりました。それに、全く、胆玉《きもだま》が要りましたよ。ねえ、旦那、今だって、風の強い午後、島のあの道を下りる時には、まだ肩の上に死人を担ってるような気がして……

可哀そうなバルトリじじい！　思い出すだけでも汗が額を流れるのであった。

食事はこのように長話の中に進んだ。灯台のこと、海のこと、難船の話、コルシカの山賊の物語……　やがて、日が落ちかかると、一番勤務の監守は小さなランプを点《とも》し、煙管《キセル》と徳利と、サンギネール島唯一の本であるあの赤縁の大きなプルタルコス(18)とを持って、室《へや》の奥から姿を消した。間もなく、鎖や、滑車や、時計の大きな分銅を巻き上げる音が、灯台中に鳴り響いた。

この間に、私は室外のテラスに出て坐った。既に傾いた太陽は、水平線全体を後に引き従えて、次第に早く海へと落ちて行った。風は冷え、島は紫にたそがれた。近くの空を一羽の大きな鳥が、羽音重く過ぎ去った。ジェノヴァ風の塔に帰る鷲である……　次第に海の靄《もや》が立ちこめる。やがて、島の周囲に打つ波の泡が縫う白い縁しか見えなくなった……とたちまち、頭の上を、穏やかな光の大波がほとばしり出た。灯台は点されたのである。島全体を暗黒《やみ》に残して、あかあかとした光は海の沖遠く落ちて行った。通りすがりに、わずかにふりかかる大きな光の波の下に、私は夜の暗闇《くらやみ》に包まれていた……風はますます冷たくなった。帰らなければならぬ。手探りに大きな扉を閉め、鉄の閂《かんぬき》をしっかり差し、それからなお手探りを続けながら、踏む足下に震え響く鋳鉄の小さな階段を登って、灯台の頂上に着いた。こここそ光明であった。

六列心《ろくれつしん》の巨大なカルセル・ランプを想像して下さい。周囲をおもむろに旋《めぐ》る壁は、ある場所は水晶の大レンズがはめられ、他は炎を風に当てないための固定のガラス壁に向かって開かれている……入ると私は目がくらんだ。その銅、その錫《すず》、その合金の反射器、青味がかった大きな輪を描いて回るそのレンズの壁、ギラギラする反射光と、ランプのパチパチ鳴る音に、私はしばらく眩暈《めまい》がした。

しかし、目はだんだん光に慣れてきた。私は光の真下まで行き、寝入るのを恐れて、声をあげてプルタルコスを読む番人のそばに坐った……

外は暗黒、深海。ガラス壁のまわりをめぐる小さな露台に、風は喚《わめ》きながら狂人のように駆け回る。灯台はきしり、海はうなる。島の端の岩礁に、大波は巨砲の如くとどろいている……　時どき目に見えぬ指がガラスを叩く。光に引きつけられて来て、頭をガラスに打ち砕く夜の鳥である……　あかあかと輝く熱した灯火の中には、ただパチパチと鳴る炎、ポタポタ滴《た》れる油、解《ほぐ》れる鎖の響き、そしてファレロンのデメトリオス(19)の一生をうたう単調な声……

十二時に番人は立ち上がり、最後に灯心を眺めた。下へおりる。階段の途中、目を擦《こす》りながら上がって来る二番勤務に会う。徳利とプルタルコスとが渡される……　床《とこ》につく前、我々はちょっとの間、鎖や錘《おもり》や錫を入れる容器や綱などの詰まっている奥の室《へや》に入った。ここで、持って来た小さなランプの光で、番人は常に開かれている大きな灯台日誌に記した。

「午前零時。波浪高し。暴風。沖に船見ゆ」

セミヤント号の最後

この間の夜のミストラルは私たちをコルシカ海岸へ運んでくれたから、今日は、あそこの漁師たちが夜話《よばなし》によくやる、恐ろしい海の物語をさせて下さい。私も偶然それを聞いて、大変不思議な話だと思ったのだ。

今から二、三年前のことである。

私はサルデーニャの海を七、八人の税関水夫と一緒に航海していた。慣れない者には苦しい旅であった。三月いっぱい、一日も天気の良い日がない。東風は私たちの後ろから吹き狂って、海の怒りはなかなか解けなかった。

ある夕方のこと、嵐を逃れた私たちの船はボニファチオ海峡の入口に群がる小島の中へ避難した。あたりの眺めは更に面白くない。鳥が一面にいる大きなはげ岩、苦《にが》よもぎの茂み、乳香樹の叢《くさむら》、そして彼方此方《かなたこなた》、泥の中に、朽ちかけている木の枝があるばかり。

けれど、夜を明かすのにはこの惨《みじ》めな岩も、甲板が半分しかない古い船の、波がわが物顔に入り込む船室よりはまだましなので、皆おとなしく辛抱した。

船から上がるとすぐ、水夫たちがブイヤベースの用意に火を焚《た》いている間に、船長は私を呼んで、島の端《はずれ》の霧に包まれている白い石囲いを指して、

――墓地へ行ってみますか？ と言った。

――墓地ですって？ リオネッチ船長！ ではここはどこなんです？

――ラヴェッツィ群島ですよ。ここに「セミヤント号」の六百人が葬ってあるのです。十年前にちょうどこの辺で二等戦艦が難船しましてね…… 気の毒な！ 墓を訪ねる人もめったにありません。幸いここへ来たのですから、ちょっとお参りして行きましょう……

――ええ、そうしましょう。

「セミヤント号」の墓地は何という悲しい所だったろう！…… 今も目に見えるようだ。小さな低い垣、錆《さ》びついて開きにくい鉄の扉、ひっそりした礼拝堂、草に埋もれた

何百の黒い十字架……　貝殻菊の花輪も、記念の品も、何一つない！……ああ、顧みられぬ哀れな死者よ、無縁の墓の下はさぞ冷たいことであろう！

私たちはしばらくそこにひざまずいていた。船長は声をあげてお祈りをした。唯一の墓守である大きな鷗《かもめ》が二人の頭上を舞い、しゃがれた声で海の嘆きに和していた。

祈りが終わると私たちはしょんぼりと島の端《はずれ》の船がつないである方へ帰った。留守の間、水夫たちはむだに過ごさなかった。岩陰では火が盛んに炎を上げ、鍋《なべ》からは湯気が立ちのぼっている。一同は車座《くるまざ》となって足を火に向けた。やがて各自《めいめい》ひざの上に赤い陶器《やきもの》の鉢をもらった。二片《ふたきれ》の黒パンに汁がたっぷりかけてある。食事は静かであった。服はぬれていたし、空腹だったし、それに墓地の近くだったから……　しかし鉢が空《から》になると彼らはパイプに火を点《つ》けてぼつぼつ話を始めた。

話は自然と「セミヤント号」のことになった。

——だが、どうしてそんなことが起こったのです？

と私は、頭を両手で抱《かか》えて感慨にふけりながら火を見つめている船長に尋ねた。

——どうして起こったというのですか？

とリオネッチ船長は深い嘆息《ためいき》を吐《つ》いて言った。残念ながら、この世に説明の出来る人はありますまい。分かっているのは「セミヤント号」がクリミヤへの軍隊を乗せて、その前日の夕方、悪天候を冒してトゥーロンを出帆したということだけです。夜になっても荒れていました。風といい、雨といい、海の荒れといい、今まで出合ったことのないようなものでした。朝になると風は少し落ちましたが、海は相変わらず荒れ狂って、その上、四尺離れたら舳先《へさき》の灯《あかり》さえ見分けがつかないような手のつけられない霧の奴がやって来ました……この霧っていうものはとても想像の出来ないひどい曲者《くせもの》ですよ……それはともかく、「セミヤント号」はその朝、舵《かじ》をなくしたに違いないと思います。というのは、どんなひどい霧でもそれだけなら大したことはありません。破損でもしていなけりゃ、何で船長がここに乗り上げるもんですか。評判の腕利きだったんですからね。三年間コルシカで停泊所を指揮していて、そこらの海岸に詳しいことったら、他のことは無学でもその辺の地理なら知り尽くしているこの私にも負けないほどでしたよ。

——それでセミヤントはいつやられたのでしょう。

——昼だったでしょう。そう、ちょうど真昼です……ところが、例の海の霧で、真昼間というのにまるで狼《おおかみ》の口の中みたいな闇夜《やみよ》です……海岸のある税関吏の話によると、その日十一時半頃、はずれた戸をはめに小屋から出ると一吹きの風に帽子を飛ばされたので、体が危く波にさらわれそうな中を浜沿いに腹ばいになって追いかけ始めたそうです。御存じのように、税関吏は金持ではありませんし、帽子一つといっても高いものです。ところがこの男がふと頭を上げた時、すぐ近くに、帆を巻いた大きな船が霧の中をラヴェッツィ群島の方へ風に流されて行くのが見えたように思いました。船は矢のように走って行ったので、税関吏はほとんどよく見る暇がなかったのです。しかしどう考えて見てもこれは確かに「セミヤント号」でした。というのは、それから半時間して島の羊飼がこの辺の岩の上に聞こえる……　や、ちょうどその羊飼が来ました。自分でその話をお聞かせするでしょう……　今晩は、パロンボ！……　ここへ来て少しおあたり、遠慮はいらない。

頭巾合羽《ずきんがっぱ》をかぶった一人の男がおずおずと私たちに近寄った。私は少し前からこの男が焚火のそばをさまよっているのを見て、この島に羊飼がいようとは思わないから、乗組の一人と考えていたのだった。

彼は年とったハンセン病やみで、白痴に近く、たぶん壊血病にでもやられたのであろう、大きな厚ぼったい唇をした見るからに恐ろしい男だった。人々はやっとのことで彼にどういう話なのかを説明した。するとこの老人は病気の唇を指で持ち上げながら、実際その当日の昼頃、小屋にいて岩の上に物の張り裂ける恐ろしい音を聞いたと言った。島がすっかり水におおわれているので外には出られなかった。それでようやくその翌日、戸を開けて見ると、海岸は波に打ち上げられた船の破片と死体で一杯になっていた。恐ろしくなって人を呼びにボニファチオへ行くため、自分の船へ走って逃げたのであった。

長話に疲れて羊飼は坐った。そこで船長は再び言葉を続けた。

——そうです、私たちに知らせに来たのはこの気の毒な羊飼の爺《じい》さんでした。恐ろしさのあまりほとんど気が狂っていました。そしてそれ以来、彼の頭は調子が狂ったままなのです。もっともなことです……　砂の上に木の破片や帆の切れはしと一緒に六百人の死体が重なり合っていたんですからね……　哀れな「セミヤント号」！……　海は一撃で砕いてしまったのです。そうしてよくも粉々《こなごな》にしたもので、その破片の中から、羊飼のパロンボが自分の小屋の囲いの材料をようやく捜し出したほどです……　人といえばほとんど相が変わって、手足が無惨にもぎ取られていました……　房《ふさ》のようにつながり合っているのも哀れでした……　盛装した船長、首に襟飾《えりかざ》りをかけた司祭、片隅の岩と岩の間には若い水夫が目を大きく開いていました……　生きているかと思われましたが、どうして、一人として逃れることは出来ないよう運命《さだめ》られていたのです……

ここで船長は話を切って、

――気をつけて、ナルディ！　火が消える、と叫んだ。

ナルディは炭火の上に松脂塗り《まつやに》の板片《いたきれ》を二、三枚投げ入れた。それが炎を上げるとリオネッチ船長は続けた。

――この話の中で特に悲惨なのは……　この災難の三週間前、「セミヤント号」のようにクリミヤへ出かけた一隻《いっせき》の小さな軍艦が同じようにほとんど同じ場所で難破しました。ただ幸い、この時は私たちが駆けつけて、船員と乗り合わせた二十人の輜重兵《しちょうへい》とを助けることが出来ました……　可哀《かわい》そうに、兵士たちは陸とは勝手が違ったのです！　私たちは彼らをボニファチオに連れて来て、二日間「水夫小屋《マリーヌ》」に泊めました……　服が乾き、元気が出ると、すぐにもうさようなら！　御機嫌よう！　っていうわけで、彼らはトゥーロンに帰りました。そしてしばらくすると、そこから新たにクリミヤへと船に乗せられました……　その船というのが……　実に「セミヤント号」でした！……　私どもは彼らを全部、二十人とも、ここで死人の中に見つけたんです……　私はきれいな口ひげの美しい班長を抱え起こしました。金髪のパリっ子で私の家《うち》に泊めたのですが、始終おもしろい話をして皆を笑わせましたっけ……　その男をここで見た時は私の心は刺される思いでした……　ああ、サンタ・マドレ！……

リオネッチ船長は感慨深げにパイプの灰を落とし、私におやすみなさいと言って外套《がいとう》にくるまった……　それからしばらくの間、水夫たちは低い声で話し合っていたが……やがて一つ消え、二つ消え、パイプの火はなくなっていった……　話し声も聞こえなくなった……　羊飼の老人は行ってしまった……　乗組員の眠っている中で、私は一人起きて空想にふけった。

今聞いた悲惨な話の印象が消えないうちに、私は心の中に、鷗だけの目撃したこの哀れな破船と断末魔の苦しみの物語を再び組み立ててみようとした。盛装した船長、司祭の襟飾り、二十人の輜重兵というような私の心を打ったいくつかの事柄がこの悲劇の最後を推定する助けになった……　私は夜トゥーロンを出た軍艦を思い浮かべた……　船は港を出る、海は荒れて風はものすごい。しかし勇ましい船乗りが船長をしているのだ

から皆安心している……

朝になると海の霧が起こった。人々は不安に駆られ始めた。乗組員は皆デッキにいる、船長は上甲板を離れない……　兵士たちが入れられている中甲板は暗く、空気は暑苦しい。ある者は病気で、袋の上に横になっている。船は恐ろしく前後に揺れる。立ってはいられない。人々はあちらこちらに固まって、床に坐ったまま、腰掛けにすがりついて話をしている。怒鳴らなければ聞こえない。怖がる者も出てくる……　まあお聞きなさい！　この海岸ではたびたび難船します。そこにいる兵士たちが、その話をしてくれます。ところで彼らの話は薄気味が悪い。ことに班長はいつもほらを吹くパリっ子で、冗談を言って人に怖気《おじけ》をふるわせるのであった。

——難船か！……　いや難船はすてきに面白い。氷水に浸《つ》かるだけのことさ。それからボニファシオへ連れて行かれてリオネッチ船長の家で磯《いそ》ひよどりを食べるという運びになる。

兵士たちが笑う……

不意にバリバリッ……　何だ？　どうしたんだ！

——舵が離れてしまった。と、ずぶぬれの水夫が中甲板を走りぬけながら言う。

ない。

――さらば舵どの、御機嫌よう！ と冗談に夢中の班長が叫ぶ。しかしもう誰も笑わない。

甲板では大騒ぎだ。霧でお互いの顔も見えない。水夫たちはおびえて、手探りで右往左往する…… 舵はもうない！ 操縦は不可能だ…… 「セミヤント号」は航路を外《そ》れて風の如《ごと》く疾走する…… 税関吏が船の通るのを見たのはこの時だ。十一時半だった。舳先に大砲のような響きが聞こえた…… 暗礁！ 暗礁！…… 万事休す！ 船はまっすぐに岸に向かう…… 船長は船室に降りる…… 少時《しばらく》して、再び上甲板の彼の位置についた――盛装して…… 最後を飾りたかったのだ。

中甲板では不安気な兵士たちが無言で顔を見合わせている…… 病人は起き上がろうと努める…… 若い班長はもう笑わない…… その時、戸が開いて、司祭が襟飾りを着けて現われた。

――皆さん、ひざまずいて！

一同その通りにした。司祭はよく響く声で臨終の祈りを始めた。

突然、恐ろしい激動、叫喚、ただ一つの大きな叫び、腕を差し伸べ、手を握り合う。そして戦《おのの》く目の中を死の影が電光《いなずま》の如く過ぎて行った……

ああ《ミゼリコルド》！

こうして私はその破片に取り巻かれて、哀れな船の魂を十年前から喚《よ》び起こし、空想に一夜を明かした……　遠く海峡の中に嵐は狂っている。露営の火は烈風《かぜ》になびく。私は船がともづなを鳴らして岩の下に踊るのを聞いていた。

税関吏

私がラヴェッツィ群島へあの陰惨な航海をした時に乗って行ったポルト＝ヴェッキオ港の「エミリー号」というのは、税関の古い小船であった。半分だけ甲板が張ってあって、そこには風と波と雨とを避けるために、わずかに一脚のテーブルと二つの寝床を入れるだけの小さな松脂塗《まつやに》りの船室があるばかりであった。だから暴風《あらし》の時の船員たちはひどいものだった。顔からはだらだら滴《しずく》が垂れる、びしょぬれの仕事着は乾燥室に置いた布のように湯気を立てる。冬の最中《さなか》に気の毒な人たちはこうして朝から晩まで、夜中でさえも、ぬれた腰掛けにうずくまりながら、この体に悪い湿気の中に震えているのだ。何しろ船の上で火をおこすことは出来ないし、多くの場合、岸へは寄りつけなかったから……　ところが一人として不平を言わなかった。どんなに荒れている時でも、私の目に映る船員たちはいつも同じように穏やかで機嫌が良かった。しかしこの税関水夫の生活は何という悲惨なものであろう！

たいてい皆結婚していて、妻と子供たちを陸に置いたまま、幾月か家を離れ、この危険な海岸を風と戦いつつ航海するのである。身を養うものといったら黴《かび》のはえたパンと野生の葱《ねぎ》ばかり。酒もなく肉もない。肉と酒は高いのに、彼らは一年に五百フランしか手に入らない！　一年に五百フラン！　あなたがたはこう考えられるだろう。税関水夫の小屋はさぞむさくるしいだろう、子供は裸足《はだし》でいなければならないだろうと……そんなことはどうでもいいのだ！　この人たちは皆満足しているように見える。艫《とも》にある船室の前に、船員たちが水を飲みに来る雨水の一杯たまった大きな桶《おけ》があった。今でも思い出すが、すっかり飲み干してしまうと、さもうまかったというように「ああ！」と言いながら湯呑《ゆの》みを振る。その満足そうな有様は、滑稽《こっけい》でもあるが、またほろりともさせられた。

皆の中で一番陽気で一番うれしそうな様子をしていたのは、ボニファチオ生まれの肥《ふと》って背の低い、顔の陽《ひ》やけしたパロンボと呼ばれる男だった。この男は歌ばかりうたっていた。どんなひどい天気の時でもうたっている。波が大きくなり、低く垂れた暗い空が霙《みぞれ》をはらんで、皆が空を仰ぎながら帆綱に手を掛け、今にもさっと来そうな風を待ち受ける時、その時に、船にみなぎる深い沈黙と不安の中から、パロンボの落ち着いた声が聞こえ始めるのであった。

いいえ、殿様

もったいない、

お律《りつ》は村ァで

わび住まァい……

そうして烈風《かぜ》がいくら吹いても、船具をうならせても、船を揺り動かし波を浴びせても、パロンボの歌は波頭に浮かぶ鷗《かもめ》のように、高く低く続けられた。時々は風の伴奏があまり強くて文句が聞こえなくなる。しかし打ち返す大波の合間合間、乗りかかっては流れ去る波の音にまじって、しおらしい折返句《ルフラン》は絶えず戻って来るのであった。

お律は村ァで

わび住まァい……

ところがある雨風の強い日に、私は彼の歌を聞かなかった。あまり珍しいので船室から顔を出して、

――おい、パロンボ、歌はもうおやめか！　と尋ねた。

パロンボは答えなかった。腰掛けの下に寝たきり、動かなかった。私はそばに近寄った。彼は歯をガタガタいわせ、体じゅうが熱のために震えていた。

——「プントゥーラ」にやられたんです、と友達が悲しそうに言った。

彼らが「プントゥーラ」と呼ぶのは肋膜炎《ろくまくえん》である。一面に鉛色の空、ずぶぬれの船、雨に打たれて海豹《あざらし》の皮のように光るゴムの古外套《ふるがいとう》を着て転がっているこの哀れな熱病者、私はこれほどいたましい光景を見たことがなかった。やがて、寒さと風とうねる波は、病気をますます重くした。彼は意識がぼんやりとしてきた。岸に着かなければならない。長い時間と非常な努力の後に、夕暮近く私たちは荒廃した小さな港に入った。ここをにぎわすものは空に輪を描いている幾羽かのグーアイユばかり。海岸をめぐって一面に切り立った岩がそびえ、一年じゅう暗い緑色の木がごしゃごしゃと生い茂っていた。岩の下には水に近く灰色の戸のついた小さな白い家があった。税関の番小屋である。この荒れはてた土地の真ん中に、制帽のように番号のついた官有の建物は何となく不吉に見えた。不仕合せなパロンボが下ろされたのはここである。こんな寂しい所が病人の宿とは！　税関監守は炉端で妻や子供たちと食事の最中であった。皆やつれた黄色い顔をして、大きな目は熱のために暈《かさ》が出来ていた。乳呑み児《ちのご》を抱いたまだ若い母親は、私たちに話をしながら寒さに震えていた。

――ここは恐ろしい番小屋なのです、と視察官は低い声で私に語った。我々は監守を二年ごとに変えなければなりません。沼地の熱で皆やられるのです……

とにかく医者を呼ぶことが問題であった。医者はサルテーヌより手前、すなわち六、七里離れた所よりこちらにはいなかった。どうしよう、水夫たちはもう歩く元気がない。子供の中の一人を遣《や》るにしては遠すぎる。その時、監守の妻は外の方を向いて呼んだ。

――チェッコ!……　チェッコ!

すると一人の背の高い立派な体格の若者が入って来た。茶色の毛の帽子をかぶり、山羊皮《やぎがわ》のマントを着た、密猟者か山賊の典型である。私は既に船から下りた時に、火の点《つ》いたパイプをくわえ、銃を足の間にはさんで戸口の前に坐《すわ》っている彼に気がついていた。しかしどういう訳か私たちが近づくと逃げてしまった。おそらく私たちが警官を連れていると思ったのだろう。彼が入ると監守の妻は少し顔を赤らめて、言った。

――私の従弟《いとこ》でございます……　この男なら藪《やぶ》の中に迷う心配はございません、とそして病人を示しながら低い声で彼に話をした。男は黙ってうなずき、外へ出て、口笛を鳴らして犬を呼び、銃を肩に、出かけて行った。長い足で岩から岩へと跳《と》びながら。

こうしている間に、視察官のいるのが恐ろしかったらしい子供たちは、急いで栗《くり》と「ブルチオ」(乳酪)の夕食を終わった。そうしてここでも水であった。食卓の上には水しかなかった。この子供たちが葡萄酒《ぶどうしゅ》を一杯でも飲んだらさぞ喜ぶだろうに。ああ、気の毒な！　やがて母親は彼らを寝かせに二階へ上がった。父親は大きな手さげランプを点《とも》して海岸を見まわりに行った。そして私たちは炉の端で、まだ沖で大波に揺られているように粗末な寝床で体を動かしている病人を見守っていた。プントゥーラをいくらか和らげるために、私たちは小石や煉瓦《れんが》を温めて彼の横腹に置いた。私が一、二度寝床に近寄った時、気の毒な男は私の顔がわかって、感謝をこめて苦しそうにその手を差し出した。大きなざらざらの手で、火から取り出した煉瓦のように熱《ほて》っていた……

悲しい宵である！　外は日没とともに再び天気が悪くなってきた。波の砕ける音、うなる音、泡のほとばしり、岩と波との戦いであった。沖に起こった一陣の風は時どき入江に雪崩《なだ》れこんで、この家を囲む。さっと上がる炎でそれと感ぜられる。広い海と長い水平線とに慣らされた静かな表情で、炉を取り囲んで火を見つめている水夫たちの打ち沈んだ面《おもて》を、その炎が急に照らすのである。時にはまた、パロンボが静かにつぶやいた。するとすべての目は、可哀《かわい》そうな友達が家族と遠く離れて救いもなく死にかかっている暗い隅の方へ向くのだった。胸は膨《ふく》れて深い嘆息《ためいき》が聞こえる。この嘆息こそ、辛抱強い優しい船員たちが自分の不運を感ずるあまりにもらす唯一のものであった。反抗もなくストライキもない。唯一《ただひと》つの嘆息、それきりだ！……　しかし私は間違っていた。火に小枝をくべようとして私の前を通り過ぎながら、彼らの一人は悲しい声でささやいた。

——ねえ旦那《だんな》、おわかりでしょう……　私たちの仕事には時々とても辛《つら》いことがあるんですよ！……

キュキュニャンの司祭

毎年、聖母祭《シャンドルール》の時、プロヴァンスの詩人たちはアヴィニョンで、美しい詩ときれいな話とが満載されている興味深い小冊子を発行します。今年の分が今し方私の手許《てもと》に着きました。その中に気持のいい譬《たと》え話《ばなし》を見つけましたから、少し約《つづ》めて、フランス語でお話ししてみようと思います……　パリのみなさん、籠《かご》をお出し下さい。ただいま差し上げますのはプロヴァンス生粋の、上等の小麦粉でございます……

マルタンさんは司祭様でした……　キュキュニャンという所の。

パンのように優しく、黄金《こがね》のように性質のよい方で、キュキュニャンの人たちをわが子のように愛していらっしゃいました。この人たちから、もう少し満足が得られたなら、司祭様にとってキュキュニャンの町は地上の楽園だったでしょう。しかし情けないことには、蜘蛛《くも》が懺悔《ざんげ》室《しつ》の中に巣を張り、めでたい復活祭の日にも聖体器の底にはいつもパンが残っていたのです。お人の良い司祭様はこのことに心を痛められて、散《ち》り散《ぢ》りになった羊の群れを小屋へ連れ帰るまでは、どうか生命《いのち》がありますようにと、絶えず神様にお恵みを願いました。

ところで皆様には、神様がこの願いをお聞き届けになったことが、おわかりになるでしょう。

ある日曜日、福音書の朗読の後、マルタンさんは説教壇へと登られました。

「みなさん、どうか私の言うことを信じて下さい。先夜、この罪深い私は、天国の入口に立っておりました。戸を叩《たた》きますと、開けて下さったのはペテロ聖人なのです！

――これはこれは、あなたですか、マルタンさん、何といういい風の吹き回しか……で御用というのは？

――ペテロ聖人様、あなた様は名簿と鍵《かぎ》とをお持ちです。どのくらいキュキュニャンの者が天国にいるか私に知らせていただけませんでしょうか。あまり立ち入りすぎませんことでしたらどうぞ。

——あなたのお申し出をお断りするようなことはありませんよ、マルタンさん。まあお掛け下さい。御一緒に見ようではございませんか。

こう言って、ペテロ聖人は大きな本をとって開き、眼鏡をお掛けになりました。

——調べてみましょう。キュキュニャンでしたね。キュー……キュー……キュキュニャンと、あ、ありました。キュキュニャン……　マルタンさん、このページは真っ白です、一人もいません……　七面鳥に魚の小骨が一本もないように、キュキュニャンの人は一人もおりません。

——何ですって？　キュキュニャンの人はここには一人もいないって？　誰も？　そんなはずはありません、もっとよく見て下さい……

——誰もいませんよ、もし私が冗談を言っているとお思いなら、御自分で御覧なさい。

何て情けない！　私は足を踏みならし、両手を組み合わせて、お慈悲《ミゼリコルド》を、と叫びました。するとペテロ聖人はこう言われたのです。

——私を信じて下さい。マルタンさん。そんなに心を悩ましてはいけません。中風《ちゅうぶう》などにかかると大変ですからね。とにかくあなたの過ちではありません。キュキュニャンの人たちは、どうしても煉獄《れんごく》で、しばらく身を清めなくてはならないのです。

——ああ、お聖人様《しょうにんさま》、お慈悲でございます。せめて彼らに会って慰めることが出来るようにして下さいまし。

——承知しました…… さ、早くこの草鞋《わらじ》をおはきなさい。あまり道がよくありませんから…… ええ、それでよろしい…… ではそっちへまっすぐにいらっしゃい。あすこに、あの突当りに、曲り角がありましょう？ そこへ行くと黒い十字架を一面にまき散らした銀の扉が見えます…… 右手の方です…… 戸を叩いて下さい。開けてくれるでしょう…… さようなら！ 体を丈夫にして、達者でいて下さいよ。

そこで私は歩きました…… 歩きました！ 何というひどい道でしたろう！ 考えるだけで鳥膚《とりはだ》が立ちます。茨《いばら》が生い茂り、柘榴石《ざくろいし》が光り、蛇《へび》のいる小道を私は銀の扉へと導かれました。

——トン！ トン！

――どなたです、と、しゃがれた、悲しげな声が応じました。

――キュキュニャンの司祭でございます。

――どこの……?

――キュキュニャンの。

――ああ、そうですか!……　お入りなさい。

私は中へ入りました。夜のようにくすんだ翼をつけ、真昼のように輝く衣をまとった、背の高い、美しい天使が、帯に金剛石《ダイヤモンド》の鍵を吊るして、ペテロ聖人が持っておられたのよりもいっそう大きな本の中に何かこつこつ書き込んでおりました……

――で、何の御用です。何をお尋ねです。

――天使様、――こんなことをお聞きするのはあまりもの好きかも知れませんが――ここにレ・キュキュニャネーがいるかどうか、知りたいと存じます。

――レ……?

――レ・キュキュニャネー、キュキュニャンの人たちでございます……　私がその司祭なので。

――ああ、マルタン様でございますね。

――さようでございます、天使様。

――キュキュニャンとおっしゃいましたね……

こう言って、天使は大きな本を開き、紙がよく滑るように、唾《つばき》で指をぬらしながら、ページを繰りました……

――キュキュニャン！と長い嘆息《ためいき》を吐《つ》いて、マルタン様、煉獄にはキュキュニャンの人は一人もおりません。

――イエス様！　マリア様！　ヨセフ様！　煉獄にはキュキュニャンの者は一人もいない！　ああ、ではどこにいるのです？

――ええ、まあ、司祭様、天国ですよ。一体どこにいたらいいというんです。

――けれど私はそこから参ったのです。天国から……

――天国からですって？……　それで？

――それで、あの人たちはそこにはおりません、ああ、マリア様！……

――どうも仕方がございません、司祭様！　天国にも煉獄にもいないとすれば、その中間《まんなか》というのはありませんから、きっと……

――ああ、ダビデの子イエス様！　まあまあこりゃ本当だろうか？……　ペテロ聖人様の嘘かも知れない……　しかし鶏が歌うのは聞こえなかった！……[20]　困ったな！　情けないことだ！　キュキュニャンの人々が天国にいないなら、私もどうしてそこへ行かれようか。

——まあ、お聞き下さい。お気の毒なマルタン様。あなたはどうしてもこのことが確かめたい、どんな風か御自分で見たい、と思っておられるようですから、この道をいらっしゃい。走れれば走っておいでなさい……　左手に大きな玄関を御覧になりましたら、何事もそこでお問い合せ下さい。神様がよく取り計らって下さいましょう！

こう言って、天使は戸を閉めました。

赤くおこった炭を敷きつめた長い道でした。私は酒でも飲んだ時のようによろめきました。一足ごとにつまずきました。汗びっしょりで、体じゅうの毛という毛が滴《しずく》を垂らし、喉《のど》の渇きにあえぎました……　しかし有難いことには、ペテロ聖人が貸して下さった草鞋のおかげで、足を焼きませんでした。

足を引きずりながら、何度もつまずいた後、私は左手に、入口……というよりも門、大きな竈《かま》の口のように開いた大門を見ました。ああ、みなさん、何という光景でしょう！　そこでは自分の名前は尋ねられません。帳簿もありません。人々は群れをなして入口いっぱいに入って行きます。ちょうどみなさん、日曜日にあなたがたが酒場へ入るように。

私はポタポタ汗を垂らしていましたが、しかも身ぶるいがし、寒気《さむけ》がしました。髪の毛は逆立ちました。焦げくさい臭《にお》い、肉の焼ける臭い、馬係のエロワが鉄をはめるために年をとった驢馬《ろば》の蹄《ひづめ》を焼く時キュキュニャンの町にひろがるような臭いがしました。私はこの臭《くさ》い、燃えるような空気の中で、呼吸《いき》が詰まりました。恐ろしい騒音と、うめき声と、叫び声と、ののしりの言葉を耳にしました。

――おい貴様、入るのか、入らないのか？　と角《つの》の生えた悪魔が、熊手で私を突つきながら尋ねました。

――私ですか？　入りません。私は神様の友達ですから。

――神様の友達だって……　やい！　白《しら》くも野郎！　何しにここへやって来た？

……

――私は……　ああ、もうそんなことは聞かないで下さい。立っていることさえ出来ませんから……　私は……　私は遠方から参りましたので……　少々伺いとうございますが……　もし……　もし、ひょっとしたら……　ここに……　誰か……　キュキュニャンの者がおりはしませんでしょうか……

──ええい、くそ坊主！　白ばくれるない、キュキュニャンの奴らが皆ここにいるのを知っているくせに。さ、烏野郎《からすやろう》、評判のキュキュニャネーがここでどんな目に遭《あ》っているか見るがいい……

こうして恐ろしい炎の渦の中で見たのは、背の高いコック＝ガリーヌ──みなさんのよく御存じだった──しょっちゅう酔っぱらって、気の毒なクレロンを殴りつけるあのコック＝ガリーヌ。

それからカタリネ……　獅子《しし》っ鼻《ぱな》の乞食娘《こじきむすめ》……　たった一人で納屋の中に寝転んでいた……　あなたがた御記憶がございましょう！……　いや先へ進みましょう、ちと言葉がすぎました。

ジュリアン氏のオリーヴで自分の油を作ったパスカル松脂指《やにゆび》先生。

落穂拾いのババ、自分の束を早くつかねようとして、拾う合間に、積《つ》み藁《わら》の中から一つかみずつ引き抜いていた女。

音のしないように手押車の車輪にどっさり油を塗っていたグラパジ親爺《おやじ》。

自分の家《うち》の井戸の水を法外に高く売りつけたドーフィーヌ。

私が病人に御聖体を持って行くのに出会うと、三角帽を載せて、煙管《キセル》をくわえ……アルタバンのようにつんとして……犬にでも出会ったように横柄に道を歩いて行ったびっこさん《ル・トルティヤール》。

ゼットと一緒のクロー、ジャック、ピエール、トニー……」

心を打たれ、恐ろしさに青くなった聴衆は、開け放った地獄の中に、それぞれ、父親、母親、おばあさん、姉妹《きょうだい》などを見て、嘆息《ためいき》を吐《つ》きました……

「みなさん、よくおわかりでしょう」と司祭のマルタンさんが申されました。「こんなことが続いてはならないということがよくおわかりでしょう。私は皆様の魂をお預かりしております。どうかして、真っ逆様に転げ落ちようとしておいでの谷底から皆様をお救いしたいものです。明日、私は仕事に取りかかります。さっそく明日から始めます。仕事はたくさんあります！　で、こんな風にやろうと思います。万事都合よく運ぶには、何でも順序よくせねばなりません。ジョンキエールでダンスをする時のように順々にやっていきましょう。

明日の月曜日には老人たちの懺悔《ざんげ》を聞きましょう。これは何でもありません。

火曜日は子供たちです。じきにすみましょう。

水曜日は息子たちと娘たち、これは長くかかるかも知れません。

木曜は男、早く切り上げましょう。

金曜は女、むだ話は抜きですよ、と申しましょう。

土曜日は例の粉挽《こなひ》き！……　この男一人のために一日あてても長すぎはしません……

こうして日曜日に終わってしまいましたら、私たちはどんなに幸いでしょう。

ねえ、みなさん、麦が実った時は刈らなくてはなりません。葡萄酒は栓《せん》を抜いたら飲まなくてはなりません。ここには汚れた下着類がございますから、洗わねばなりません。よく洗わねばなりません。

主のお恵みの豊かならんことを。アーメン！」


言われたことはその通り行われました。洗濯がなされました。

この記憶すべき日曜日以来、キュキュニャンの町の香《かぐわ》しい徳は、あたり十里四方まで広がりました。

幸福で、喜びに満ちた善良な司祭マルタンさんは、先日こんな夢を御覧になりました。その夢の中で、信者たちを従えられたマルタンさんは、目の覚めるような行列を作って、点された大ろうそくと打ち薫る香《こう》の煙と、感謝聖歌《テ・デウム》を合唱する子供たちの中を、神の宮居へと、輝く道を登って行かれたのでありました。

これがキュキュニャンの司祭のお話です。別の親しい友達から聞いた、ルーマニーユさんが、あなたがたに語るようにと、私に頼んだ話です。

老　人

――私に手紙かい、アザンじいや！

――へえ……パリから参りましたんで。

人の良いアザン爺《じい》さんは、パリから手紙が来たというので得意だった……　私は違う。早朝、不意に私の机を驚かした、ジャン＝ジャック街からの手紙は、私の一日をつぶしてしまうんじゃないかしら。はたして誤らなかった。次の通り。

「君に一つ用事がしてもらいたい。一日留守にするつもりで風車小屋を閉めて、エイギエールへ行ってくれないか……　エイギエールは君の所から三、四里ばかりの田舎町《いなかまち》だから一散歩《ひとあるき》だ。着いたら孤児修道院と尋ねてくれ給え。修道院のすぐ次の家は屋根が低く、戸が灰色で、裏手に小さな庭がある。叩《たた》かずに入るんだ――戸はいつも開いている――入ったら、大きな声で、「みなさん今日《こんにち》は、私はモーリスの友人です……」と叫んでくれ給え。そしたら二人の背の低い老人、老人も老人、非常な老人が大きな肘掛《ひじか》け椅子《いす》の奥から両腕を差し出すだろう。君は僕に代って、君のおじいさん、おばあさんに対するように、心から抱いてやってくれ給え。それから話だ。彼らは僕のこと、僕のことばかり口にするだろう。下らない話ばかりするだろうけれど、笑わないで聞いてくれ給え……　笑うんじゃないよ、いいかい！　この二人は僕の祖父母で、僕がいるからこそ生きているんだ。しかも十年以来《このかた》、僕に会わないんだ……　十年は長い！　だが仕方がないよ！　パリが僕を離さないし、あっちは高齢でね……　何しろひどい老体で、もし僕に会いに来ようものなら、途中で骨がバラバラになってしまう……　幸い君は近くにいる。ねえ粉挽《こなひ》き君、気の毒な老人たちは君を抱いて少しはこの僕を抱いた心地がするだろう……　僕は彼らに何度も話したんだ、僕たちのこと、僕たちの間の温かい友情……」

とんだ友情だ！　ちょうどその朝は素晴らしい天気だったが、出歩くには適しなかった。ミストラルが烈《はげ》しく、日光が強くて、全くプロヴァンス独特の日和《ひより》だった。この癪《しゃく》にさわる手紙が来た時、私は既に「避難所《カニャール》」を二つの岩の間に選んで、松風に耳を傾け、とかげのように日向《ひなた》ぼっこをしながら一日過ごそうと考えていた……　が、今更どうも仕方がない。愚痴《ぐち》をこぼしながら風車小屋を閉めて、猫の通る穴《シャティエール》に鍵《かぎ》を置いた。杖《つえ》にパイプと。いよいよお出かけだ。

二時頃エイギエールに着く。みんな野良《のら》に出ていると見えて、村は寂然《ひっそり》していた。埃《ほこり》で真っ白になった大通りの楡《にれ》の木では、クロー(21)の真ん中にでも来たように蟬《せみ》が鳴きしきっている。役場の広場には驢馬《ろば》が一匹陽《ひ》を浴びているし、教会の泉水の上には鳩《はと》が飛んではいたけれど、私に孤児院を教えてくれる者は誰もなかった。と、突然、一人の不思議な女が目の前に現われた。戸口にうずくまって糸を紡《つむ》いでいる。尋ねる先を言うと、よほど魔力のある女と見え、その紡竿《つむざお》をさしあげただけで、不思議や孤児院はたちまち眼前にそびえ立った……　陰気な、黒い大きな建物で、ゴシック式の戸口の上に、周囲に少しばかりのラテン語を刻んだ赤い砂岩の古い十字架を得意気に見せている。この家の並びに一軒、もっと小さなのが目についた。灰色の戸、裏手の庭……　私はすぐにここだと思った。叩かずに入る。

あの涼しい静かな長廊下、薔薇色《ばらいろ》の壁、明るい色のすだれを透して奥に震える小園《にわ》、どの鏡板《パネル》にも描かれた、色のあせた花とヴァイオリンの模様を、私は一生涯思い浮かべるだろう。スデーヌ(22)の時代の、ある老いた大法官の家《うち》に来たように思われた……　廊下の尽きる左に、細く開かれた戸口から、大時計のカッチン、カッチンと刻む響きと、子供、といっても学校に通う子の、一音節ごとに句切る読み声が聞こえる。「と、き、に、せ、い、じゃ、イ、レ、ネ、さ、け、び、い、け、る、は、わ、れ、は、しゅ、の、こ、む、ぎ、な、り、か、の、け、も、の、の、き、ば、に、く、だ、か、れ、ん……」私はそっと戸に近づいてのぞいた……

小さな部屋の静けさと薄明かりとの中に、頬骨《ほおぼね》を薔薇色に染めて、指の先まで皺《しわ》のよった、人の良さそうな老人が、肘掛け椅子に深く腰を下ろして、口を開いたまま、両手をひざに置いて眠っていた。その足下《あしもと》で、青い服——大きな肩掛け、小さな帽子、修道孤児の服装——をした少女が、自分の体よりも大きな本で、聖者イレネの伝記を読んでいた…… この霊妙な読書に家じゅうの者が感応していた。老人は肘掛け椅子に眠り、蝿《はえ》は天井に、カナリヤはあの窓の上の籠《かご》の中に。大きな柱時計はカーッチン、カーッチンといびきを立てて。部屋の中で目ざめているものは、ただ閉ざされた戸の隙間《すきま》からまっすぐに射《さ》し込む日光の白く広い帯、その中でピチピチ跳《は》ねる火花、こまかな踊り。すべてのものが仮寝の夢円《まど》かなうちに、少女は重々しく読書を続けた。「た、だ、ち、に、に、ひ、き、の、し、し、せ、い、じゃ、に、と、び、か、か、り、て、ひ、き、さ、き、く、ら、い、ぬ……」この時だ、私が入ったのは……　聖者イレネの獅子《しし》がこの部屋へ飛び込んでも、私が入ったほどの驚きをひき起こしはしなかっただろう。まさしく舞台の急変《クー・ド・テアートル》だ！　少女が叫び声をあげる。大きな本が落ちる。カナリヤも蝿も目を覚ます。時計が鳴る。老人はびっくり仰天、ハッと立ち上がる。私もいささか当惑して、しきいに立ちどまり、大きな声で叫んだ。

――みなさん今日は！　私はモーリスの友達です。

ああ、その時、諸君がこのあわれな老人を見たら……　腕を差し出して私の方へ近づき、私を抱き、両手を握り、部屋の中を気の狂ったように歩き回りながら、

――おお！　まあ！……と言う老人を。

顔の皺という皺が笑いくずれ、紅《くれない》の潮が差していた。どもりながら、

――ああ、あなた！　ああ、あなた！

そして奥の方へ向かって、

――マメットや！　と叫んだ。

戸の開く音がして、廊下に二十日鼠《はつかねずみ》ほどの足音がコトコト……と聞こえ、現われたのはマメットさんであった。飾り帽子を載せ、薄茶色《カルメリト》の衣服《ローブ》を着け、私に敬意を表して古

風に縫いのあるハンカチを手にした、この背の低い老婆はたとえようもなく美しかった……ほろりとさせられたのは二人が似ていることだった。髪を束ねて黄色いリボンを花結びにしたら、おじいさんもまたマメットと呼ぶことが出来たろう。ただ、本当のマメットさんはこれまでにだいぶ涙を流したとみえて、いっそう皺が多かった。おじいさんのように、そばに孤児院の少女を置いていた。青い肩掛けの護衛《おつき》は決してそのそばを離れなかった。二人の孤児に守られたこの老人《としより》たち、これほど胸を打つ光景があるだろうか。

部屋に入るとマメットさんは非常に丁寧な挨拶《あいさつ》をしようとした。しかし、おじいさんの一言《ひとこと》は、そのお辞儀を途中で止《や》めさせてしまった。

——モーリスのお友達じゃ……

たちまち彼女は身を震わし、泣き出し、ハンカチを落とし、赤く、真っ赤に、おじいさんよりも赤くなった……　あわれこの老人たち！　脈管に残る血はわずか一滴なのに、少しでも心を動かすとたちまち顔にのぼる……

——さ、椅子を早く……　おばあさんが自分の女の子に言う。

——窓をお開け……　おじいさんも自分の護衛《おつき》に叫ぶ。

そうして両方から私の手を取って、もっとよく顔を見ようと開け放した窓の方へよちよちと連れて行った。肘掛け椅子が寄せられて、私は二人の間の畳み椅子《たたいす》に腰を下ろした。青い服の子供たちが私たちの後ろに控えて、尋問が始まった。

——孫は達者でおりますかい。あの子は何をしていますのじゃ。どうして来ませんのじゃろ。不足なく仕合せでおりますかな……

それからこれは、そしてあれは、と、何時間でもこの調子だ。

私はあらゆる質問に出来る限り答えた。友達について知っているだけの詳しい話をした。知らないことは大胆にこしらえて言った。そして、窓がちゃんと閉まるかどうか知らない、部屋の壁紙はどんな色か注意したことがない、などと白状するのは特に慎んだ。

——部屋の紙ですか？……　青でしたよ、奥さん、淡青色《うすあおいろ》に花飾り《ガーランド》の……

——まあ、そうですか？　と、あわれ、おばあさんは、ほろりとなった。そして夫の方を振り向いてこう言った。

——ほんとにいい子ですからね！

——そうとも、本当にいい子だ！　おじいさんは力を入れて答えた。

こうして私の話の初めからおしまいまで、二人は互いにうなずき合い、可愛《かわい》らしく微笑《ほほえ》み、目を細くし、すっかり分かったという様子をする。時には、おじいさんが私に近寄ってこう言った。

——もっと大きな声で話して下さらんか……　あれは少し耳が遠いでな。

また、おばあさんはおばあさんで、

——どうぞ、もちっとお声を高く！……　おじいさんははっきり聞こえませんので……

そこで私は声を高める。すると二人とも嬉《うれ》しそうに微笑んで見せる。そして、私は、孫のモーリスの姿を目の奥に捜そうと私に向かって身を屈《かが》める二人の、このしなびはてた笑顔の中に、あたかも遠く霧の中に微笑んでいるような、ほのかに、ヴェールをかぶった、ほとんど捕え難い友の面影を見つけて、すっかり心を打たれたのであった。

突然、おじいさんは肘掛け椅子の上に身を起こした。

——おお、そうじゃ、マメット……　多分昼飯《おひる》がまだじゃろ！

するとマメットさんはびっくりして、腕を高くあげ、

——昼飯《おひる》がまだ！……　まあ！

私はこれもモーリスのことだと思ったから、この善良な子供は、昼の食事を十二時より遅れてすることは決してありません、と答えようとした。ところがそうではなくて、話の本人はまさに私であった。私が、実はまだです、と言った時の騒ぎは見ものだった。

——おまえたち、急いで食事の用意を！　食卓《テーブル》を部屋の真ん中に出して、日曜日の食布《ナップ》と花模様のお皿を。どうかそんなに笑っていないで！　さ、大急ぎ……

子供たちは確かに急いだのだろう。皿を二、三枚割るよりも早く、食事は整った。

——御馳走《ごちそう》はありませんがおいしい昼飯《おひる》で！　食卓に案内しながらマメットさんは私にこう言った。ただ、あなた様お一人でして……　私どもはもう今朝方《けさがた》いただきました。可哀《かわい》そうな老人たち！　いつ訪ねて行っても、彼らは常に、朝いただきました、と言うのだ。

マメットさんの、御馳走はないがおいしい昼飯《おひる》というのは、わずかの牛乳と、なつめやしの実と、「バルケット」という軽い焼き菓子とであった。これだけあれば、おばあさんとカナリヤとを少なくとも一週間養うことが出来る……　しかも私一人でこの貯えを平らげたんだ……　無理もない、食卓のまわりにいかに激しい憤慨が起こったか！

肘を突き合いながら青い娘たちがささやくし、向こうの籠の中ではカナリヤが「おいおい、あの旦那《だんな》を見ろ、バルケットをみんな食べちまうよ！」と言っているようだった！　私は本当にみんな平らげてしまった。それも、昔のものの香りでも漂っているような、明るい静かな部屋の中で、自分のまわりを眺めるのに夢中だったので、ほとんどそうとは気がつかずに……　特に目を離すことの出来ない二つの小さな寝台があった。まるで揺《ゆ》り籠《かご》を二つ並べたようなこの寝台を見ると、私は朝、明け方に、総《ふさ》のついた大きな帳《とばり》のかげに、まだ夜具に埋《うず》まっている二人を思い浮かべた。三時が鳴る。どの老人も目覚める時だ。

——マメットや、眠っているのかい？

——いいえ、おじいさん。

——モーリスは良い子じゃのう。

——ええ、全くねえ、ほんとに良い子ですよ。

こうして、並べられた二つの小さな寝床を見ただけで、私はこんな風に一くさりの会話《はなし》を胸に描いていた……

この間に部屋の片隅の戸棚の前では、恐ろしい劇が演じられていた。一番上の棚にある、ブランデー漬けの桜ん坊のびんを取ろうというのだ。十年も前からモーリスの来るのを待っていて、私にお初を振る舞おうというわけだ。マメットさんの懇願には耳を貸さず、おじいさんは自分で桜ん坊を取り出すのだと言い張った。そしておばあさんに気をもませながら、椅子の上に乗り、棚に届こうとしていた……　今でもありありと見えるようだ。震えながら背のびするおじいさん、その椅子にしっかりくっついている青い服の子供たち、後ろで両手を伸ばし、息をはずませているおばあさん、そして開いた戸棚と、高く積まれた茶色のリンネルから流れ出る芳香蜜柑《ベルガモット》の淡い香りがすべてのものの上に漂っている……　愛すべき情景だ。

とうとう非常な努力の後で、この由緒あるガラスびんは、モーリスが幼いころ用いたというすっかりいびつになった古い銀の杯《さかずき》と一緒に、ようやく棚から引き下ろすことが出来た。その杯に縁《ふち》までたっぷり桜ん坊が盛られた。モーリスは桜ん坊が大好きだったのだ！　私にすすめながら、おじいさんはさも食べたそうな様子でこうささやいた。

――あなたはほんとにお仕合せじゃ！　これが召し上がれるなんて……　これは家内の手作りでな……　おいしゅうございますて。

残念！　お手作りは有難いが、奥様、砂糖を入れるのをお忘れなされた。どうも仕方がない！　年をとればぼやけるものだ。マメットさん、せっかくの桜ん坊はひどい味でしたよ……　しかし最後まで眉《まゆ》をしかめずに頂戴《ちょうだい》した。

食事が終わると、私は老人夫婦に暇《いとま》を告げようと立ち上がった。二人はなお私を引きとめてうちの良い子の話をしたかったろうが、日は西に傾き、風車小屋は遠いので、出かけなければならなかった。

おじいさんは私と同時に立ち上がった。

——マメット、私の服だ！……　広場まで案内してあげたいから。

マメットさんはもちろん内心では、私を広場まで連れて行くには、もはや少し寒くなっていると思ったに違いないが、しかしそんな様子は少しも見せなかった。ただ服の袖《そで》を通すのを手伝いながら、それは真珠母《しんじゅぼ》のボタンの、スペイン煙草《たばこ》の色をしたきれいな服であったが、夫思いのおばあさんが、優しくこう言っているのが聞こえた。

——あまりおそくお帰りになってはいけませんよ。

するとおじいさんは少し意地悪そうに、

――フーム、さあ！……　どうだかね……　もしかすると……

そして二人は顔を見合わせて笑った。彼らが笑うのを見て、青い服の子供たちも笑った。籠の隅で、カナリヤもカナリヤらしく笑った……

内証《ないしょ》の話だが、桜ん坊の香りで皆が少し酔っていたのだと思う。

……おじいさんと私とが表へ出た時、日は暮れかけていた。青い服の少女がおじいさんを連れ帰るために遠くから従《つ》いて来た。しかし、おじいさんには彼女が見えなかった。私の腕につかまって若い者のように歩きながら、おじいさんは非常に得意であった。マメットさんはそれを晴れやかな顔で入口の踏段《ふみだん》から見ていた。こちらを眺めながら嬉しそうにうなずいているのは、こう言っているようでもあった。「やっぱりおじいさん！……まだ足が達者だこと」

散文の幻想詩《バラッド》

今朝《けさ》、戸を開けると、風車の周囲は一面に真っ白な霜が降りていた。草はガラスのようにキラキラ輝き、パリパリと音を立てる。丘全体が寒さに震えていた……　今日は愛するプロヴァンス地方が北国の姿に変わっている。枝に氷花《ジーヴル》の縁飾《ふちかざ》りをつけた松林や、水晶の花束を咲かせたラヴェンダーの茂みの中で、私は多少ドイツ風の空想で、二つのバラッドを書いた。その間に霜は私に白い火花を吹き送り、高く晴れた空ではハインリッヒ・ハイネ(23)の国から来た鸛《こうのとり》がいくつも大きな三角形を作って、「寒い……寒い」と叫びながら、カマルグの方へと下りて行った。

I　王太子の死

幼い王太子が御病気だ。幼い太子の御臨終が迫っている……　王国の教会という教会では、王子の病気回復のために、聖体が夜も昼も出されて、大ろうそくが燃えている。古い王都の道々は悲しく、ひっそりとして、鐘は鳴らず、車馬も徐行している……　王宮の近くでは、物見高い町の人々が柵越《さくご》しに、重々しく広場で話をしている金ピカで太鼓腹の衛兵を眺めている。

城じゅうが不安に駆られていた……　侍従や食事係が大理石の階段を走って上がり下りする……　廊下には至る所、絹の衣装をつけた小姓や廷臣がいて、こちらの群れからあちらの群れへと、低い声で様子を聞きに回っている……　広い階段では、泣き沈んだ女官たちがきれいな縫いのあるハンカチで目をぬぐいながら、挨拶《あいさつ》を交わしている。

蜜柑《みかん》の間《ま》ではガウンをまとった医者が何度も会議を開く。ガラス越しに黒く長い袖《そで》が動き、鬘《かつら》がもったいぶって傾くのが見える……　養育係と東宮侍従とが、扉の前を歩きながら、侍医の発表を待っている。料理番がそのそばを挨拶もしないで通る。侍従武官は怒鳴りちらし、養育係はホラティウス(24)の詩を口ずさむ……　そして、その間に彼方《かなた》の厩《うまや》の方では、哀れっぽい嘶《いなな》きが聞こえる。これは馬丁に忘れられて、空《から》っぽの秣桶《まぐさおけ》の前で悲しそうに訴えている、幼い太子の栗毛《くりげ》の馬である。

そして王様は？　王様はどこにおいでなのか？……　王様はお城の端《はずれ》の一室にたった一人こもっておいでだ……　王様というものは涙を人に見られるのがお嫌いだ……　女王様はそうでない……　小さな太子の枕もとに坐《すわ》って、美しい顔を涙でぬらし、羅紗《ラシャ》商人の妻のように、皆の前で声をあげてむせび泣いておられる。

レースの寝床には、その蒲団《ふとん》よりも白い太子が、目をつぶって横たわっていた。眠っているかと思われるが、そうではない。幼い太子は眠っていない……　女王様の方を向く。そして泣いているのを見てこう言う。

——女王様、なぜ泣いていらっしゃるの、本当に私が死ぬと思って？

女王様は答えようとしたけれど、涙にむせんで口が利けなかった。

——ね、女王様、泣かないでね。忘れたの、私は太子です、太子がそうわけもなく死ぬもんですか。

女王様はいっそう激しくむせび泣いた。そこで太子は怖くなった。

——ねえ、私は死にさらわれるのはいやです。きっとそいつをここまで来ないようにしてみせます…… 寝床のまわりを守らせますから、強い近衛兵《このえへい》を四十人すぐ呼んで下さい！…… 大きな大砲を百門、火縄には火をつけて、夜も昼も窓の下で番をするようにして！ それでも死の奴が近づいたら呪《のろ》ってやるぞ！……

王子の気に入るように女王様は合図をした。すぐと広場で大きな砲車がガラガラと鳴り、四十人の背の高い兵士が、鎗《やり》を握って部屋に並ぶ。これは灰色の口ひげの老朽兵であった。幼い太子は彼らを見て手を叩《たた》く。そして、その中の一人を知っていて、呼びかける。

——ローラン！ ローラン！

老兵士は一歩病床へ進む。

——ローランじいや、私はおまえが大好きだ…… ちょっとその長い剣を見せてごらん…… もし死が私を連れに来たら殺してやらなくっちゃ、ね。

ローランは答えた。

——左様《さよう》でございます、殿下……

そして、渋色の頰《ほお》の上に大粒の涙を流した。

このとき御用司祭が幼い太子に近づいて、十字架の像を見せながら、長いこと低い声で語った。太子はびっくりして聞いていたが、急にその言葉をさえぎって、

——お坊様、あなたのおっしゃることはよくわかります。でも、友達のベッポにお金をたくさんやって、代りに死んでもらうわけにはいかないの？……

司祭は低い声で話しつづけた。そして太子はますます驚いた様子をする。

司祭の話がすむと、太子は深い嘆息《ためいき》をついて、

——お坊様、あなたのおっしゃることは皆ずいぶん悲しいことです。しかし一つ私を慰めることは、あの星の光る天国でも、私はやっぱり太子だろうということです……神様は私の従兄《いとこ》です。だから身分相応に私をもてなして下さると思います。

それから太子は女王様の方を向いて付け加えた。

——私の一番美しい服と、白い貂《てん》の胴着と、天鵞絨《びろうど》の上靴とを持って来て下さい！私は天使たちに立派な姿を見せたいのです。太子の服装で天国に入りたいのです。

三度《みたび》、司祭は幼い太子の方に身を屈《かが》め、長い間、低い声で話をした……　その話の最中に、太子は怒ってその言葉をさえぎり、

——そんなら、太子なんて本当につまらないものだ！　と叫んだ。

そして、もう何も聞こうとはしないで、壁の方を向き、無念そうに涙を流した。

Ⅱ　野原の郡長殿

郡長殿は巡回視察中である。御者を先頭に、下僕を従え、役所の馬車はおごそかに彼を魔女が谷《コンブ＝オ＝フェ》の共進会へと運んで行く。この記念すべき日に、郡長殿は縫いのある美しい服を着て、小さな礼帽、銀筋入りのぴったり体にあったズボン、真珠母《しんじゅぼ》の柄《つか》の式刀……ひざの上には浮き出し模様の皮の抱《かか》えカバンが乗っていて、郡長殿は情けなさそうにそれを眺めている。

郡長殿は浮き出し模様の抱えカバンを情けなさそうに眺めている。彼は、コンブ＝オ＝フェの人たちの前でもうじきしなくてはならない大切な演説のことを考えている。

――来賓ならびに親愛なる郡民諸君……

しかし、柔らかい金色《ブロンド》の頰ひげをいくらひねっても、

――来賓ならびに親愛なる郡民諸君……　と続けざまに二十回繰り返してもだめ、あとの文句は浮かばない。

あとの文句は浮かばない……

馬車の中は非常に暑い！……　見渡す限り、コンブ＝オ＝フェの街道は、南フランスの太陽を浴びて埃《ほこり》っぽくなっている……　大気は焼けている……　道のそばの、真っ白に埃にまみれた楡《にれ》の木では、数知れぬ蟬《せみ》が、木から木へと鳴き交わしている……　突然、郡長殿は身震いした。向こうの小山の麓《ふもと》に、彼に合図をしているらしい常緑樫《シェーヌ・ヴェール》の小さな林が目についたのだ。

常緑樫《じょうりょくがし》の小さな林が彼に合図をしているらしい。

――郡長さん、こっちへいらっしゃい。演説の文句を作るには、木の下の方がずっといいですよ……

郡長さんは誘惑されてしまう。彼は馬車から飛び下りて、常緑樫の林の中で草稿を作るから待っているように、と供の人たちに言う。

常緑樫の林の中には、鳥がいるし、菫《すみれ》が咲いているし、きれいな草の下には泉が流れていた……　彼らが、立派なズボンをはき、浮き出し模様の抱えカバンを持った郡長殿に気がついた時、小鳥は恐《こわ》がって歌いやめるし、泉はもう音を立てず、菫は草の中に隠れた……　この小さな世界では誰も郡長殿を見たことがなかったので、銀筋入りのズボンをはいて散歩している立派なお方は誰だろうと低い声で尋ね合った。

低い声で、葉の陰で、銀筋入りのズボンをはいている立派なお方は誰だろうと尋ね合った……　この間に、郡長殿は森の静けさと涼しさに陶然として、上着の裾《すそ》を持ち上げ、帽子を草の上に置き、若い樫の木の根元の苔《こけ》の上に坐《すわ》った。それからひざの上に、浮き出し模様の皮の抱えカバンを開いて、官庁用の大きな紙片を取り出す。

――芸術家だ！　と頬白《ほおじろ》が言う。

――いいや、芸術家じゃない、と鷽《うそ》が言う。銀筋入りのズボンをはいているのだもの、きっと公爵だ。

――きっと公爵だ、と鷽が言う。

――芸術家でも公爵でもありゃしない、と、一春《ひとはる》、郡役所の庭でさえずっていた年をとった鶯《うぐいす》がさえぎって、おれは知っているよ、郡長だ！

すると林じゅうがささやき出す。

――郡長だ！　郡長だ！

――何てはげた頭だ！　と大きな毛冠の雲雀《ひばり》が感心する。

菫が尋ねる。

——悪い人なの？

——悪い人なの？　と菫が尋ねる。

年とった鶯が答える。

——いいや、ちっとも！

こう保証されると、鳥はまた歌い出し、泉は流れ、菫は匂い出す、郡長殿がいなかった時のように……　この気持のいいざわめきの中に平然として、郡長殿は、心の中に農事講究会での演説を司《つかさど》り給う女神《ミューズ》の加護を求め、鉛筆を手にしておごそかな口調で演説を始める。

——来賓ならびに親愛なる郡民諸君……

——来賓ならびに親愛なる郡民諸君、とおごそかな口調で郡長殿が言う……

どっと笑い声が起こって彼の言葉を切る。振り向くと、帽子の上に止まって笑いながら彼を眺めている肥《ふと》った啄木鳥《きつつき》が見えるばかり。郡長殿は肩を怒《いか》らして、演説を続けようとする。しかし啄木鳥がまたそれをさえぎって、そばから叫ぶ。

——下らない！

——何？　下らないって？　と、郡長殿は真っ赤になる。そして腕を振るって、このずうずうしい奴を追い払い、一段と大きな声で言った。

——来賓ならびに親愛なる郡民諸君……

——来賓ならびに親愛なる郡民諸君……と郡長殿は一段と大きな声で言った。

しかしちょうどその時、可愛《かわい》い菫が茎の先で彼の方へ背伸びをして、優しく言う。

——郡長さん、私たち、とてもいい匂いがするでしょう。

泉が苔の下で聖《きよ》らかな音楽を奏する。頭の上の枝には頬白の群れが来て、面白い歌をうたう。林じゅうが力を合わせて演説が組み立てられないようにする。

林じゅうが演説が組み立てられないように力を合わせる……郡長殿は香気《かおり》に打たれ、音楽に酔って、彼を襲う新しい魅力に抵抗しようとするが駄目である。草の上に肘《ひじ》を突いて、立派な服のホックをはずし、なお二、三度つぶやく。

——来賓ならびに親愛なる郡民諸君……来賓ならびに親愛なる郡民……来賓ならびに親愛なる……

やがて、郡民諸君なんか消えてなくなれだ。そこで農事講究会の女神《ミューズ》も顔をおおうより仕方がない。

顔をおおえ、農事講究会の女神《ミューズ》よ！……一時間の後《のち》、郡役所の人々が、御主人はどうなされたかと心配して林の中に入って来た時、彼らは驚いて後しざりをするような光景を見た……　郡長殿は草の上にジプシーのようにだらしのない格好《すがた》で腹ばいになり、服を傍《わき》に脱ぎ捨てて……　そして菫をもぐもぐ噛《か》みながら詩を作っておられる。

ビクシウの紙入れ

十月のある朝、パリを離れる数日前のこと、――食事をしている時だった、――ぼろぼろの服をまとった一人の老人が、私の許《もと》を訪れた。見ると、足を外輪に曲げ、泥に塗《まみ》れ、背中を前に屈《かが》ませて、毛をむしられた鶴《つる》のように、長い足で震えている。ビクシウだった。そうです、パリっ子諸君、おなじみのビクシウ、すさまじくて愛すべきビクシウです。皮肉と漫画で十五年来、やんやと諸君にもてはやされた、評判の毒舌家の……　本当に、気の毒な！　何て惨《みじ》めな！　もし、しかめ面《つら》をしないで入って来たら、私にはとうてい彼ということは分からなかったでしょう。首を肩に傾《かし》げ、杖《つえ》をクラリネットのようにくわえた、有名な、そして痛ましい道化役は、部屋の中央へと進んで、机の前に身を投げ出し、訴えるような声でこう言った。

――哀れな盲目にお慈悲《なさけ》を！……

あまり真似《まね》がうまいので、私は笑わずにはいられなかった。しかし彼は冷やかに、

――君はおれがふざけていると思ってるね……　まあ、おれの目を見てくれ給え。と言って、どんよりした大きな白い瞳《ひとみ》を二つ、私の方へ向けた。

――おれは盲目なんだ、君、もう一生目が見えないんだ……　硫酸で書いたからさ。有難い仕事で目玉を焼いちまった。それもこの通り、すっかり……　底の底まで焼きつぶしたんだ！　と睫毛《まつげ》の影さえ止《とど》めない焼けくずれた瞼《まぶた》を見せながら言い続けた。

私はひどく心を打たれて、何と言っていいかわからなかった。私が黙っているので彼は不安になった。

――勉強かい？

――いいや、食事をしているんだ。君も一緒にどうだね？

彼は答えなかった。けれど、小鼻をぴくつかしているので、食べたくてたまらないということがよくわかった。私は彼の手を取って自分の傍《わき》に坐《すわ》らせた。

食事が調《ととの》えられる間、気の毒なやっこさんは、食卓の匂いを嗅《か》いで、にっこりとした。

――うまそうだな。いよいよ御馳走《ごちそう》にありつける。朝飯を抜きにするのも久しいものだ！　毎朝一スー(25)のパンで役所を駆けずり回る……　実は君、おれは今、役所回りをや

ってるんだ。これがおれのたった一つの仕事だ。おれは煙草屋《たばこや》をやりたいと思っている……　仕方がないさ！　食っていかなきゃならないもの。おれはもう絵は描《か》けない。文章もだめだ……　口で言って書きとらすのか……　だが何を……　おれの頭は空《から》っぽだ。何一つ出て来やしない。おれの仕事はパリっ子の狂態を見て、それを真似することだった。今じゃもう、やろうったって……　そこで煙草屋を考えたんだ。もちろん大通《ブールヴァール》りにではない。踊り子の母親《おふくろ》とか将校《ぐんじん》の後家さんじゃないんだから、そんな勝手を言う資格はない。田舎《いなか》の小さな店でいいんだ。どこか非常に遠いヴォージュ[26]の辺《はて》にでも。おれは丈夫な陶製《せと》のパイプをくわえて、エルクマン＝シャトリアン[27]の作中に出て来るように、ハンスとかゼベデとか名乗ってやろう。そして、煙草を入れる三角袋を近頃の作家の作品《もの》で作って、何も書けない心を慰めるのだ。

　おれの希望《のぞみ》はこれだけだ。大したことじゃないだろう……　ところがそいつが容易じゃない。しかしおれにだって後援者《うしろだて》はあってもよさそうなもんだ。これでも以前は相当に名が売れていた。元帥、皇族、大臣たちの所でも食事をしたものさ。こいつたち、おれを食卓に招《よ》びたがった。おれが奴らを楽しませるか、でなけりゃ奴らがおれを恐れたからだ。だが今は、おれは誰も恐《こわ》がらすことは出来ない。ああ、この目！　この哀れな目玉！　おれはもうどこからも招ばれない。食事に盲目の顔《つら》はいやなものだ。どうかパンをとってくれたまえ……　ええ、畜生！　煙草屋一軒始めるのにずいぶん骨を折らせやがる。半年前から、おれは請願書を持って、片っぱしから役所を回っているんだ。朝、ストーブを焚《た》きつける頃にあっちへ着く。広場の砂の上で閣下のお馬を一まわりさせている時だ。そして夜になって、大きなランプが運び込まれ、料理場がうまそうに匂い出す頃、おれはやっとお暇《いとま》だ……

おれの一生は控室にある腰掛けの木片《きぎれ》入れの箱の上で過ぎて行く。だから受付の奴らおれを覚えているよ。内務省では先生たち、おれのことを良いおじさん《ス・ボン・ムッシウ》、って呼びやがる。で、こっちでも贔屓《ひいき》にしてもらいたいから、洒落《しゃれ》を言ったり、吸取紙の隅に奴らを笑わせるような大きなひげ面《づら》を描《か》きなぐったりする……　二十年の華やかな成功の挙句がこの様《ざま》だ。これが芸術家の末路さ！……　しかもフランスには、よだれを垂らしてこんな商売をうらやんでる青二才が四万人もいるんだ！　毎朝地方じゃ、文壇とか発表欲とかに釣られる餓鬼どもを籠詰《かごづ》めにして運ぶために、機関車が火を入れてらあ！……　へん！　田舎の奴らは他愛もないもんだ、ビクシウの不仕合せが、おまえたちへの戒めになればなあ！

こう言い終わると、皿に鼻を突っ込んでがつがつ食べだした。ものも言わずに……悲惨《みじめ》な有様だった。絶えずパンだのフォークだのの行方《ゆくえ》がわからなくなり、コップを見つけるために手探りをする。可哀《かわい》そうに！　まだ慣れないのだ。

少し経《た》ってから、また口を開いた。

――おれにとって、もっともっと恐ろしいことがあるんだが、知っているかい？　他でもない、新聞が読めなくなったことさ。新聞記者でなけりゃ、この気持はわかるまいが……　時どき夕方、帰り道で一枚買う。ただしっとりした紙の匂いと、新しい記事の香りを嗅ぐために……　実にいい匂いだ！　しかし誰も読んじゃくれない！　妻《かかあ》は読めば読めるのだが、あいつ、首《かぶり》を振りやがる。三面記事には面白くないことがあると言って……　全く、昔の情婦という奴は、結婚したが最後、貞淑ぶることこの上なしさ。いやしくもビクシウ夫人となったからには、偏狭信者《ビゴト》にならなけりゃならないと思ったんだね。それも極端にさ！……　あいつはサレット山の聖水でおれの目を擦《こす》らせようとさえしてくれたんだ！　その上、聖《パン・》パン《ベニ》をいただいたり、義捐金《ぎえんきん》に応じたり、育児院や中国の子供たちのために金を出したり、その他まだきりがない……　充分に善行を積んだんだ……　ところでおれに新聞を読んで聞かすのも善行の一つではないかしら。が、おあいにくさま、先生おいやときた……　もし娘がまだ家《うち》にいたら、あれは読んでくれるよ。しかしおれは盲目になってから、穀《ごく》つぶしの口を減らしたいんで、ノートル＝ダム＝デ＝ザールへ入れてしまった……

こいつもおれにゃ有難い奴さ！　生まれてやっと九年経《た》つか経たずにもう病気という病気をやり尽くしたんだ……　陰気で、醜《みにく》くって、ひょっとするとおれよりか醜いんだ……　まるで怪物だね！　仕方がない！　おれはポンチ絵を描《か》くよりほか知らなかったんだ……　ええ、何を言ってやがる。おれも家《うち》の話をするなんておめでたいや。こんなことを言ったって君には何になる……　さあ、そのブランデーをもう少し注《つ》いでくれ給え。元気をつけなくっちゃ。ここを出たら文部省へ行くんだ。あそこの受付の御機嫌をとるのは容易じゃないよ。みんな教師上がりときてるからね。

私はブランデーを注いでやった。彼は気持よさそうにチビリ、チビリと味わいだした。突然、何の幻想に駆られたのか知らないが、コップを手にして立ち上がり、少しの間、目の見えぬ蝮《まむし》のような頭を左右に回して、話を始める時の紳士のように、優しく微笑《ほほえ》ん

だ。それから、二百人の会食者にでも演説するような鋭い声で、

――芸術のために！　文学のために！　また、新聞紙のために！

こうして始まったのは長い食卓演説、この道化役の頭から出た中で最も突飛《とっぴ》な、最も素晴らしい即興であった。

「一八六×年の文学往来」と題する、年末発行の雑誌を想像して下さい。文学的と称する集会のこと、文壇風聞録、文士たちの論争、変人社会の珍聞奇聞、与太文学、互いに首を切り、はらわたを出し、人のものを奪い合い、俗世間の人間以上に損得や金銭の話が盛んなけちくさい文壇地獄、しかもよそよりもいっそう飢《う》え死《じに》お構いなしの文学界、文士たちのあらゆる卑劣、困窮。あるいはまた、青色の燕尾服《えんびふく》を着て椀《わん》を持ち、「右や左の……」と、物乞いをしに出かけた、トンボラのTという男爵の話。その年死んだ文士、本人の偉業が述べられる葬式、誰にも墓地の代を払ってもらえない不幸者に、いつもいつも「懐かしくも慕わしき君よ！　ああ！」を繰り返す代表者の弔辞、自殺した人、気の狂った人の話。こういうことが道化の天才によって口にされ、詳細に手真似をもって話されるのを想像してごらんなさい。そうすれば諸君は、ビクシウの即席演説のいかなるものだったかという御推察がつきましょう。

演説が終わり、杯が乾《ほ》されると、彼は時間を尋ねて出て行った。凶暴な態度で、さようならとも言わずに…… 私はデュリュイ氏[28]の受付が、あの朝の訪問をどう思ったか知らない。しかし、この恐ろしい盲人の出立後ほど、情けなく、気持が悪く感じたことは、おそらく生涯に二度とあるまいと思う。インキ壺《つぼ》は不快の感を起こさせ、ペンは私を恐れさせた。遠くへ行きたい、走りたい。樹木を眺めたい、何か気持のいいものに接したい…… ああ、何ていやな！ 何て苦々《にがにが》しい！ 至る所に唾《つば》を吐きかけて、すべてのものを汚《けが》す必要がどこにある！ 本当に不愉快な奴だ……

私は自暴《やけ》に部屋の中を歩き回った。彼が自分の娘のことを話した時の冷笑が絶えず聞こえるように思いながら。

突然、盲人の腰かけていた椅子《いす》のそばで、足の下に何か転がっているように感じた。見ると彼の紙入れだ。大きな、手あかで黒光りした紙入れで、角《かど》が傷《いた》んでいる。彼はこいつを決して手離さないで、笑いながら、毒袋と名付けていた。この袋は、私たちの仲間では、ジラルダン氏の有名な紙ばさみと同じくらい評判の品で、あの中には恐ろしい物が入っている、と言われていたのだった……　中味を確かめる絶好の機会が来た。古くて膨《ふく》れすぎていた紙入れは、下に落ちると口が開いて、中の紙はみな敷物の上に散らばった。一つ一つ拾い集めなければならない……

花模様入りの書簡箋《しょかんせん》に書かれた一束の手紙は、いずれも「懐かしいお父様《モン・シェール・パパ》」で始まり、「マリア会員、セリーヌ・ビクシウ」と署名されていた。

次は小児の病気に関する古い処方書き、ジフテリア、ひきつけ、猩紅熱《しょうこうねつ》、麻疹《はしか》……(可哀そうに、この娘は一つも免かれることが出来なかったのだ)

最後に、封をした大きな状袋からは、黄色い縮れ毛が二、三本、少女の帽子から出ているように、はみ出していた。封筒には震えた大文字の、盲人の書体で、

「セリーヌの頭髪、五月十三日これを切る、修道院入りの日なり」

以上がビクシウの紙入れに入っていたものである。

ところでパリっ子諸君、君たちもみんな同じだ。不満、皮肉、悪魔的な笑い、すごい大ぼら、そしておしまいが……「セリーヌの頭髪、五月十三日これを切る」

黄金《きん》の脳みそを持った男の話

陽気な話を求められる婦人へ

奥さん、お手紙を拝見して、何となく済まない気が致しました。話の色調《いろあい》が少し暗すぎたのを残念に思いました。で、今日は何か愉快なもの、それも思いきり愉快なのを差し上げることに決めていたのです。

いったい私に何の悲しいことがあるのでしょう。タンバリンとマスカット葡萄酒《ぶどうしゅ》の国の、陽《ひ》のよく当たる丘の上、パリの霧から千里もはなれて暮らしています。住居をとりまくものは、ただ、陽の光、楽の調べ、田鷸《たしぎ》や蒼鷹《あおだか》のオーケストラ、山雀《やまがら》の合唱隊、朝には「クールリー！　クールリー！」と鳴く大杓鷸《たいしゃくしぎ》、昼には蟬《せみ》、そしてまた、笛を奏でる羊飼、葡萄畑に笑いさざめく栗色《くりいろ》の髪の美しい娘たち……　本当に、ここはもの思いに沈むような所ではありません。むしろ私は御婦人方《みなさん》に、薔薇色《ばらいろ》の詩歌《うた》や、幾籠《いくかご》にもあふれる恋物語でもお送りすべきでしょう。

ところがそうではないのです！　まだパリに近すぎます。毎日、松林の中まで、パリは、その悲しみのとばっちりをはねかけてきます……　この手紙を書いている今も、気の毒なシャルル・バルバラ[29]の悲惨な最後の報知《しらせ》を受けとったところなのです。そのために、風車小屋はすっかり喪に包まれています。鶫よ、蟬よ、さようなら！　もう明るい気持はありません……　こういう訳ですから奥さん、可愛《かわい》いお笑い草を、と決めていたのですけれど、今日もまた、もの悲しい昔話になってしまいました。

昔々、黄金《きん》の脳みそを持った男がありました。そうです、奥さん、すっかり黄金の脳みそなのです。生まれた時、医者は、この子供は育つまい、と思いました。それほど頭が重く、頭蓋骨《ずがいこつ》は並はずれて大きかったのです。しかし子供は助かって、美しいオリーヴの木のように成長しました。ただその大きな頭は、いつも彼を引きずっていました。あたりの家具につきあたりながら歩くいたいたしい姿……　彼はよく転びました。ある日のこと、階段から転がり落ちて、大理石の段に頭を打ちつけると、頭蓋骨が地金のような音を立てました。命はないものと思われましたが、起こして見ると、ひとところ、

軽い傷があったばかりで、金髪の中には、黄金が二、三粒こびりついていました。こうして、両親は、子供が黄金の脳を持っていることを知ったのです。

事は秘密にされて、子供自身は、そんなことがあろうとは夢にも知りませんでした。ただ時々、なぜ前のように町の子供と一緒に表を駆け回ってはいけないのかと尋ねました。——人さらいがいるからね、坊や！……と母親は答えました。

それからは子供もさらわれるのが怖くなって、たった一人で黙って遊ぶようになり、重そうに部屋から部屋へと歩いていました……

十八歳のとき初めて、両親は天から授かった恐ろしい賜物《たまもの》を彼に打ち明けました。そして、今まで育てたのだから、そのお返しに、黄金を少しだけもらいたい、と言いました。子供はためらいもせず、その場で、——どんな風に、どんな方法で、それはべつに伝わっていませんが——頭蓋骨から、重い黄金のかたまり、胡桃《くるみ》のように大きなかたまりを引きちぎり、得意そうに母親のひざの上に投げ出しました……　こうして、頭の中にある財宝に目がくらみ、希望に狂喜し、自分の能力《ちから》に酔ったこの男は、父母の家を後に、世界をどことあてもなく、その宝を浪費しに、旅立ったのであります。

惜し気もなく黄金をまき散らす、王者のような生活ぶりを見ると、彼の脳みそは無尽蔵なのかと思われました…… しかし実は減っていったのです。そして次第に目の光は消え、頰《ほお》の落ちていくのがわかりました。とうとうある日、狂気じみた遊びに明かした朝、宴会の残り物と、薄らいでいく釣燭台《つりしょくだい》の中にただ一人とり残された哀れな男は、自分の地金にあけた大きな穴にギョッとしました。思いきらねばならぬ時だったのです。

それ以来、生活は一新しました。黄金の脳の男は、自分の腕で暮らそうと、人々から遠ざかりました。そして、けちんぼうのように人を疑い、小心になり、すべての誘惑を避けて、二度と手を触れたくない因果な財宝《たから》を、しいて忘れようと努めたのです…… 不幸にも、ある友達が彼のひとり住居《ずまい》へとあとをつけて行きました。この友達は彼の秘密を知っていたのです。

ある夜、哀れな男は、ただならぬ頭の痛さに、ハッと目を覚ましました。夢中で起《た》ち上がって、見ると、友達が何か外套《がいとう》に忍ばせながら月光を浴びて逃げて行くではありませんか……

またしても、脳みそがなくなったのです！……

その後やがて、黄金の脳みそを持った男は恋をする身となりました。そして今度こそ何もかもおしまいでした……　彼は誠心《まごころ》をこめて、金髪の一少女を愛しました。少女もまた深く彼を慕いましたが、それよりもなお好きなのは、結びリボン、白い羽、編上靴《あみあげぐつ》の上に踊るきれいなえび茶の総《ふさ》でした。

半ば小鳥、半ば人形のような可愛《かわい》らしい少女の手から、黄金の小銭は、面白いように消えていきました。彼女はあらゆるわがままを言い、彼はどうしても否《いや》とは言えませんでした。しかも、女を苦しませたくなさに、最後まで、その財産の悲しい秘密を隠していました。

――私たちは大金持なのね、と彼女が言いますと、哀れな男は答えます。

――ああ、そうとも……　えらい金持さ！

こうして彼は、何も知らずにその頭蓋骨をついばんでいる青い小鳥に、愛情《やさしさ》をこめて微笑《ほほえ》んで見せるのでした。しかし時どき怖気《おじけ》がついて、倹約《つま》しくしたいと思うのですが、そんな時、少女は彼の方へ跳《と》んで来て言うのです。

――あなた、お金持でしょう？　何か高価《たか》いものを買ってちょうだい……

そして彼は、何か高価いものを買ってやるのでした。

これが二年間続きました。そうしてある朝、どうしたのか少女は小鳥のように死んでしまったのです…… 宝は底が見えていましたが、その残りで、この妻を失った男は愛する女のために立派な葬式を営みました。ディーン・ドーンと鳴りわたる弔いの鐘、黒布におおわれた荘重な四輪馬車、羽飾りをつけた馬、天鵞絨《びろうど》にちりばめられた銀の玉、何一つ彼の目に美し過ぎるものはありませんでした。今となっては黄金が何になりましょう…… 彼はそれを教会にも、柩《ひつぎ》をかつぐ人足にも、貝殻菊《イモルテル》を売る女にも、至る所、惜しげもなく振りまきました…… ですから墓地を出た時には、この素晴らしい脳みそもほとんどもう頭蓋骨の内側に数片を残しているに過ぎませんでした。

やがて人々は、彼が両手を差し出し、酔漢《よいどれ》のようによろめきながら、放心の態《てい》で往来を行くのを見かけました。その夕べ、勧工場に飾灯《イルミネーション》が点《つ》く頃、男は大きな陳列窓の前に立ち止まりました。窓の中には一面にひろげられた織物、装飾品《かざりもの》が、雑然と灯火に輝いていました。彼は長い間その前にたたずんで、白鳥の和毛《にこげ》で縁《ふち》どった青繻子《あおしゅす》の靴に見入っておりましたが、「あの人にこの靴を見せたら、さぞ喜ぶだろう」と独り言を言いながら微笑みました。そして少女が死んだということはもう忘れてしまって、靴を買いに入りました。

次の間《ま》の奥にいたおかみさんは、高い叫び声を聞きました。駆けつけて見ると、一人の男が売台によりかかって、ぼんやり苦しそうにこちらを見て立っているので、恐ろしさに退避《たじろ》ぎました。男は一方の手に白鳥の縁飾りの青い靴を持ち、血まみれになった片方の手を、爪先《つまさき》に黄金の削りくずをつけて差し出していました。

これが、奥さん、黄金の脳みそを持った男の話です。

夢のような話に見えますが、この物語は一から十まで本当なのです…… 世の中には脳髄《あたま》で生活することを余儀なくされ、人生の最もつまらないもののために、見事な純金、自分の精髄で支払いをしている憐《あわ》れな人たちがいます。これは彼らにとっては日ごとの悩みです。しかもやがてその苦しみに疲れた挙句には……

詩人ミストラル

前の日曜日、床《とこ》から身を起こしながら、私はフォブール＝モンマルトル通りの家で目が覚めたのだと思った。雨だ。空は灰色に煙り、風車小屋はしょんぼりと立っている。この雨降りの冷たい日を、一人で過ごすのは心細いなと思った時、たちまち浮かんで来たのは、フレデリック・ミストラル(30)の所へ行って、一元気つけてこようということだった。この大詩人は松林から三里離れた、マイヤーヌの寒村に住んでいる。

善は急げとさっそく出かける。ミルトの太い杖《つえ》を一本と、座右の友モンテーニュ(31)一巻を携え、外套《がいとう》をかぶって、途《みち》につく。

畑には人の影もない……　カトリックに篤《あつ》い善良なプロヴァンス州では、日曜日には土を休ませる……　犬ばかりが小屋にいて、農家《マス》は閉ざされている……　行く道のところどころ、水のしたたる布をかぶせた大八車、枯葉色のマントを頭からかぶった老婆、青、白のエスパルト織の鞍敷《くらしき》に、赤いリボン、銀の鈴、盛装《よそおい》を凝らして、――小刻みの速足に、ミサへと志す農家の善男善女を満載した車を引いて行く牝騾馬《めらば》、さては遥かに霧を隔てて、運河に浮かぶ漁船《いさりぶね》、船の上に立って網打つ漁夫……

今日は道すがら本を読む術《すべ》もない。雨は滝と降り、北風が桶《おけ》の水をぶちまくように顔に打ちかかる……　私は息も吐《つ》かずに歩き続けた。そしてついに三時間の後《のち》、目の前に小さな杉林が現われた。林の中央《なか》に、マイヤーヌの村が風を恐れて身を避けている。

村の道には猫一匹いない。村じゅうの者がミサへ行っていた。教会の前を通った時、セルパンが鳴り、色ガラスの窓越しに、大ろうそくの輝いているのが見えた。

詩人の住居《すまい》は村の端《はずれ》にある。聖レミ街道に沿う左側の最後の家、――前に庭を控えた小さな二階家である……　静かに入る……　誰もいない……　客間の戸は閉まっている。しかし、その向こうを誰か歩くのが聞こえる。声高にものを言っている……　この足音、この声、私には懐かしい……　石灰塗りの狭い廊下に、戸の引手を握り、感に迫ってしばらく立ち止まる。動悸《どうき》が打つ。――彼はそこにいる。勉強中だ……　一節終わるのを待たねばなるまいか……　いや、仕方がない、入ろう。

ああ、パリの人々よ。マイヤーヌの詩人が、可愛《いと》しいミレイユ(32)に花の都を見せようとパリへ上《のぼ》り、都衣装の田舎者《いなかもの》のように、立襟《たちえり》をつけ、おのれを悩ませることそのかまびすしい名声と等しい大帽子をいただいて諸君のサロンに現われた時、これがミストラルである、と諸君は信ぜられたであろう……　否《いな》、これは彼にあらず。世界じゅうにミストラルはただ一人、すなわち去る日曜日、私がその村に不意の訪問をした、その人である。フェルト帽子を耳までかぶり、チョッキなしに上衣《うわぎ》を着て、腰には赤のカタルーニャ織の帯を巻いている。目は輝き、頰骨《ほおぼね》のあたりに燃える霊感の火を宿し、気高く、しかも柔和の微笑を浮かべた、あたかもギリシャの牧人の如《ごと》き優雅の風格、両手をポケットに入れて、大股《おおまた》に歩きつつ、作詩に余念のない……

——やあ！　君か！　私の首に飛びついて、ミストラルは叫んだ。よくまあ、やって来てくれたね！……　ちょうど今日は、マイヤーヌのお祭りだ。アヴィニョンから来た音楽隊の演奏、闘牛、行列、ファランドール、きっと素晴らしい……　母はまもなくミサから帰って来る、昼飯を一緒にする。それから、ウフ！　きれいな女の子の踊りを見に行こう……

彼が私に話をしている間、私は明るい色の壁掛けを掛けたこの小さな客間を、感慨深く眺め入った。思い出すも楽しい幾時かを過ごした後、絶えて久しく見なかったのであった。すこしの変わりもない。すべては昔のまま、黄色い弁慶縞《べんけいじま》の長椅子《ながいす》に、二脚の藁《わら》の肘掛け椅子、暖炉棚の上に、腕のないヴィーナスと、(33)アルルのヴィーナス、エベール筆の詩人の肖像、エチエンヌ・カルジャの撮った彼の写真、そうして、室《へや》の一隅、窓に近く彼の机、――薄汚い古書と辞典とを山と載せた――登記受付係用といった――貧寒な小さい机がある。この机の中央に、大判の帳面が開かれていた……これはフレデリック・ミストラルの新作『カランダル』で、今年の暮れ、クリスマスの日に出版されることになっている。この一編に、ミストラルは七年前から苦心をこらし、その最後の行を書き上げてから、今や半年に近い。しかるに未《ま》だそれから手を引こうとはしないのである。言うまでもなく、節《ストロフ》をみがき、更に快調の韻《リム》を求むる精進は、永久に尽くるところがない……ミストラルはプロヴァンス語をもって筆を励ましている。しかも、詩作にいそしむこと、あたかも万人が必ずこれを原詩に朗読し、たゆみなき工匠の努力を当然理解すべし、と信ずるものの如くである……　ああ、よき詩人よ、モンテーニュは彼のことをかくも述べるであろう。――「世に知られんとも覚えぬ芸術《たくみ》に、など、かくは苦しみ励むや」と問われけるに、「わが芸術《たくみ》を知る人いささかなりとあらばいみじ、たとい、一人なりとあらば足れり、否、かかる人、世になしとて恨まんや」と、答えける人のこと、忘るなかれ。

私は『カランダル』の詩稿を手に取り、感激に満ちて繰っていた……　たちまち木笛《フィフル》と太鼓《タンブラン》の囃子《はやし》が窓外の往来に起こった。と見るや、わがミストラルは戸棚へ走り、杯、酒びんを取り出し、客間の中央へテーブルを引きずり、私を顧みて、

――笑っちゃいけない……　朝楽《オバード》をやりに来てくれたんだ……　僕は村会議員なんだよ、と言いながら、楽人たちに戸を開いた。

狭い室《へや》は満員になった。太鼓は椅子の上、古い幟《のぼり》は一隅に置かれ、そしてヴァンキュイ〔煮《に》葡《ぶ》萄酒《どうしゅ》〕がまわされる。やがて、フレデリック氏の健康を祝して数本のびんが空《から》になり、踊りは去年のように美しかろうか、牛は巧《うま》くやるだろうか、などと、祭りについてもったいらしく一わたり話が済むと、楽隊はここを引き揚げ、他の議員の所へ朝楽《オバード》を

やりに行った。この時、ミストラルの母君が帰って来られた。

またたく間に食卓は整った。純白のテーブル掛けに、二人分の食器が並ぶ。私はこの家の習慣《ならわし》を心得ている。ミストラルに客があると、母なる人は、食卓をともにしないのだ…… 愛すべき老婦人は、プロヴァンスの言葉しか知らず、フランス語を話す人と口を利くのが気まずいらしい…… その上、台所に彼女が必要なのである。

ああ、この朝のたのしい食事よ、——子山羊《こやぎ》の焼肉、山作りのチーズ、葡萄液入りのジャム、無花果《いちじく》、マスカット。この御馳走《ごちそう》を潤す酒は、杯に目のさめるような薔薇色《ばらいろ》を透かせる「法王のシャトー＝ヌフ」だ……

食後に私は、立って詩稿を捜し、ミストラルの前へ持って来た。

——出かける約束だったよ、と詩人は微笑《ほほえ》んで言った。

——だめ！ だめ！……『カランダル』だ！『カランダル』だ！

ミストラルはあきらめて、音楽的《ミュジカル》な穏やかな声で、片手で詩の拍子を取りながら、第一章を始めた。——焦がれ狂いし乙女子《おとめご》の——悲しの曲を調べ来て——今は歌わんカシスや——幼き賤《しず》の鯷釣《ひしこつ》り……

戸外には、夕拝式《ヴェーブル》の鐘が鳴り、花火は広場に揚がり、笛は太鼓に合わせて街を往来《ゆきき》している。競技場に連れて行かれるカマルグの牛はうなっている。私は、テーブル掛けに肘を突き、目の中を熱くしながら、プロヴァンスの小さい漁師の物語に聞き入っていた。

カランダルは一介の漁夫に過ぎなかった。恋愛の炎が、彼を英雄につくりあげたのである……意中の女性――美しきエステレル――の情けを得んがため、彼は数多《あまた》の奇跡を企てる。ヘラクレスの十二業(34)も、彼の功績《いさおし》を前にしては無に等しかった。

ある時は、富貴を心に描いて、恐るべき漁具を発明し、大海の魚類をことごとく港に持ち帰った。ある時はまた、オリウル峡道の猛悪なる強盗セヴェラン伯を、その巣窟《そうくつ》の、家従《やから》、傍妻《そばめ》のまっただ中まで投げ返した……いかに剛勇の若者であろうか、あわれわがカランダルよ！　一日彼はサント＝ボームにおいて、二組の大工仲間に遭遇した。彼らは実にソロモンの殿堂を組み立てたるプロヴァンスの名匠、ジャック親方の墳墓のほとりに、互いにコンパスをふるって勝敗を決すべく、来《きた》り会したのであった。カランダルは流血の中に身を踊らした。そして静かに大工たちを諭《さと》し、仲なおりをさせた。

この世の人業《ひとわざ》ならぬ企ての数々とは！……　その昔、かの高きリュールの岩山に、人跡の達し得ぬ杉の森林があった。いまだかつて一人の樵夫《きこり》もあえて登り得なかった。彼カランダルはここへ赴いたのである。ただ一人足を停《とど》むること三十日。三十日の間、巨幹へ響きを立てて打ち込まれる斧《おの》の音が聞こえた。森林は叫び声をあげた。一基また一基、年を経た巨木は倒れて、深い谷底へと転げ落ちた。かくてカランダルが山を下《くだ》った時、峰には既に一本の杉も残らなかった……

ついに数多の功績《いさおし》の報い空《むな》しからず、鯷釣りはエステレルの愛をかち得て、カシスの人民より領事に任ぜられた。これがすなわちカランダルの物語である……　しかしカランダルがそもそも何であろう。何よりもまず詩の精髄たるもの、それはプロヴァンスである。——その歴史、風習、伝説、風光を有し、滅亡の前に偉大なる詩人を見出した、質朴な自由の民を有する、海のプロヴァンス、山のプロヴァンスである……　いざ今は鉄道も敷け、電柱も立てよ、学校からプロヴァンス語を追放するもよし！　プロヴァンスは永久に『ミレイユ』と『カランダル』の中に生きるであろう。

――詩はもうたくさんだ！　とミストラルは帳面を閉じながら言った。祭りを見に行こう。

二人は外へ出た。村じゅうの人が往来に出ていた。強い北風の一吹きに、雲は払われて、空は雨にぬれた赤屋根に、快く輝いていた。私たちは行列の戻りを見るのに間に合った。一時間にわたる際限《はてし》ない行列であった。白、青、灰色の衣を着けた苦業会員《ペニタン》、ヴェールをかぶった娘の信徒、花を金糸で縫いとった薔薇色の旗、四人の肩にかつがれた、鍍金《めっき》のはげた大聖人の木像、手に大きな花束を持ち、偶像の如くいろどられた陶器の聖女、法衣、聖体入れ、緑の天鵞絨《びろうど》の天蓋《てんがい》、白絹で縁取《ふちど》った十字架、これらのものが、聖歌とお祈りと鳴りしきる鐘の中を、大ろうそくと太陽の光を浴びつつ、風に波打っていた。

行列が終わり、聖像が礼拝堂に納められると、私たちは闘牛を見てから脱穀場まで競技見物に行った。レスリングや三段跳びもあれば、革袋に乗って跳躍をするわ、首で綱引きをするわ、他にもプロヴァンスの祭りのお楽しみがありったけ繰り広げられていた……　マイヤーヌへ帰り着いた時、日は暮れていた。ミストラルが、夜、友達のジドールと一勝負やりに行くという、広場のささやかなカフェーの前には、祝いの大かがり火が焚《た》かれていた……　ファランドールが始まるところだった。暗がりには、切り抜きの紙提灯《かみちょうちん》がくまなく点火《とも》されて、若い人たちは位置に着いていた。そうしてほどなく、太鼓の合図に、炎をめぐって、夜もすがら踊りぬくにぎやかに狂おしい輪舞《ロンド》が始まった。

夕食の後、この上なお歩き回るには疲れがひどいので、ミストラルの部屋へ上がる。大きな寝台二つきりの、農夫の住まいそうな質素な室《へや》である。壁には紙がなく、天井は梁《はり》が見えている……　四年前のことだ、アカデミーが『ミレイユ』の著者に三千フランの賞金を授けた時、ミストラルの母堂には一つの案があった。

——おまえの部屋の壁と天井とを張らせたらどう？　と母は息子に言った。

——いけませんよ、そりゃ！……　とミストラルは答えた。これはね、詩人たちのための金です。他のことに使うものじゃありません。

こうして、部屋はむきだしのままに残された。しかし、かの詩人の金の続く限り、ミストラルの門を叩《たた》いた人々は、常にその財布が快く開かれているのを見たのである……

私は『カランダル』の詩稿をこの部屋に持って来ていた。そうして、眠る前にもう一節読んでもらいたい、と所望した。ミストラルは陶器の挿話を選んだ。簡単に言えば次の如くである。

ある大宴会の時、卓上にムスティエ焼の見事な陶器が一そろい運ばれる。底には一枚ごとに、藍色《あいいろ》の染付けで、プロヴァンス一題が描かれている。この国の全史はここに収められている。されば、この妙《たえ》なる陶器《やきもの》がいかに熱愛をこめて描かれているかは、注目すべきである。皿一枚に詩一篇、すなわち皿の数に等しいだけの短詩、テオクリトスの小品の如く仕上げられた、素朴にして深遠な努力に成る短詩である。

昔は妃《きさき》たちの口に語られた言葉、今はこの地方の牧人《ひつじかい》にしか解せられぬ言葉、四分の三以上もラテン語そのままの、この美しいプロヴァンス語で、ミストラルがその詩を読んでくれる間、私は内心この人に感嘆していたのである。そして、彼が生まれたとき瀕死《ひんし》の状態にあった祖国の言葉と、彼がなした事業とを思い合わせて、私は今日アルピーユに見られるような、ボーの皇族の古い宮殿を心に描いていた。屋根は落ち、踏段の欄干は失《う》せ、窓のガラスもなく、アーチ形の花狭間《はなざま》の三葉飾りはこわれ、扉の紋章は苔《こけ》がむしている。牝鶏《めんどり》は宮中の中庭に食べ物をあさり、豚《ぶた》は廊下の繊麗なる柱列の下に転び、驢馬《ろば》は草の茂る礼拝堂の中に食《は》み、鳩《はと》は雨水を湛《たた》えた大きな聖水盤へ来て水を飲み、更に、あろうことか、この廃墟を我物顔に、農家の二、三家族が古《いにしえ》の宮殿の側面に小屋を建てている。

ついにある日のこと、一農夫の息子がこの偉大なる廃墟の昔を慕い、かくの如き汚《けが》された状態を見て憤る。一刻の猶予もなく、彼は家畜を中庭から追い出す。そして、ただ魔女の来援を得て、単身、大階段を再建し、壁に羽目板を打ち直し、窓にガラスをはめ、倒れたる塔を引き起こし、玉座の金を塗り換え、法王や皇后の宿り給える、ありし日の広大な宮殿を復興した。

再興されたる宮殿、すなわちプロヴァンス語。
百姓の息子、すなわちミストラルである。

三つの読唱ミサ

クリスマスの話

I

——松露《しょうろ》入りの七面鳥が二羽だって？　ガリグー……

——ええ、僧正様、松露をいっぱい詰め込んだ素晴らしい七面鳥が二羽。少しは知ってますよ、私が詰めるのを手伝ったのですから。あぶっているうちに皮がはじけやしないかと思ったほど張り切っているんです……

——有難い！　私は松露が大好きなんだ！……　早く法衣《ころも》をくれ、ガリグー……で、七面鳥の他に台所にあったものは？……

——おお、うまいものずくめですよ……　正午《おひる》から私たちは雉《きじ》だの戴勝《やつがしら》だの雷鳥《ジェリノット》だの大雷鳥《コック・ド・ブリュイエール》の羽ばかりむしっていました。あたり一面羽だらけでしたよ……

そのほか、池から運んだのが鰻《うなぎ》、金色の鯉《こい》、鮎《あゆ》、……

――どのくらいの大きさだい、その鮎は？

――こんなに大きいのです、僧正様…… 素晴らしい奴です！

――すごい！ 目に見えるようだ…… 酒水《ビユレツト》びんにお酒を入れたかい？

――はい、入れました…… しかし、真夜中のミサの後で召し上がるやつにはかないますまい。お城の食堂で、いろんな色のお酒のいっぱい入って輝いているガラスびんをお目にかけたいものです…… それから銀の皿、彫りのある大鉢《おおはち》、花、枝付燭台《えだつきしよくだい》！……　こんな降誕祭《レヴエイヨン》の食事は二度とは見られませんよ。侯爵様が近所のお大名をみんな御招待になりました。大法官と公証人の他に、少なくも四十人は食卓にお着きになりましょう……　ああ、僧正様、あなたはその中のお一人であるなんて、本当にお仕合せな！……　あの素晴らしい七面鳥を嗅《か》いだだけで、松露の匂いがどこまでも従《つ》いて来ます……　ムー、いい匂いだ！……

――さあさあ、貪食の罪は慎みましょう、特にクリスマスの晩は…… 早くろうそくに灯火《あかり》を点《つ》けて、ミサの最初の鐘を鳴らしておいで。真夜中は近づいた、遅れてはならない……

この会話はキリスト紀元千六百幾年かのクリスマスの夜に、元のバルナバ会の僧院長で、今はトランクラージュの大名たちに抱《かか》えられている礼拝堂付司祭のバラゲール僧正と雛僧《ひなそう》ガリグー、少なくとも彼が雛僧ガリグーだと信じている者との間に取り交わされた。というのは今にわかる通り、この晩、悪魔が僧正をうまく誘惑し、恐ろしい貪食の罪を犯させるために、丸い、はっきりしない顔の雛僧に化けていたのだった。こういう訳で、自称ガリグー（偽者《いつわりもの》め！）が、お城の礼拝堂の鐘を力の限り鳴らしている間に、僧正は城じゅうの小さな聖器室《サクリスチ》で式服を着終わった。そしてこのうまそうな有様を聞かされてすっかり心が乱れ、着替えながら繰り返しこうつぶやいた。

七面鳥の丸焼き……　金色の鯉……　こんなに大きい鮎！……

戸外では夜の風が妙《たえ》なる鐘の音《ね》を吹き散らし、トランクラージュの古い塔が頂きにそびえているヴァントゥー山の中腹の暗闇《くらやみ》の中に、次第次第に灯火《あかり》が現われてきた。これはお城に真夜中のミサを聞きに来る小作人の家族であった。五、六人ずつ一団となって歌をうたいながら坂道を登って来る。提灯《ちょうちん》を持った父親を先頭に、大きな茶色のマントにくるまった母親、そのマントの中で小さくちぢこまっている子供たち。時間もおそいし、寒さもはげしいが、ミサがすんだら例年の通り下の台所に自分たちの食卓が用意されているということを考えながら、この善良な人たちは皆愉快そうに歩いている。時々、けわしい坂道を、松明《たいまつ》持ちを先に立てた大名の馬車が窓ガラスを月明りに光らせ、騾馬《らば》が鈴を鳴らしながら走っていた。靄《もや》に包まれた提灯の微光《あかり》で百姓たちは大法官を認めて、そばをお通りの時に挨拶《あいさつ》をする。

——アルノトン様、今晩は！

——今晩は、皆の衆！

夜は明るく、星が寒空にきらめいていた。身を刺すような北風が吹き、細かい粉雪が服の上をサラサラとすべり、白銀《しろがね》のクリスマスという伝統を忠実に守っていた。丘の天辺《てっぺん》には、どっしりと大きな塔や切妻、青黒い空にそびえる礼拝堂の鐘楼、そして無数の細かい光を浮かべて、目ざすお城が立っていた。黒い建物の窓という窓にまたたき、行きつ戻りつゆらいでいるこの光は、焦げた紙の燃え殻の中を走る火花に似ていた。釣橋を渡り、城門をくぐると、礼拝堂へ行くには、第一の広場を横切らねばならぬ。広場は馬車や駕籠《かご》や供の男がぎっしりとつまって、松明と料理場の火で明々《あかあか》と照らされている。焼串の回る音、鍋《なべ》の音、食事の準備のために運ばれるガラス器や銀器の触れ合う音が聞こえる。そして、うまそうな焼肉の匂いと、複雑なソースを作る強烈な草の香りを

漂わす生暖かい蒸気が、百姓たちにも、僧正にも、法官にも、誰にも彼にも、
――ミサがすんだら素晴らしい御馳走《ごちそう》にありつけるぞ！　と思わせる。

Ⅱ

ガランガランガラン！……　ガランガランガラン！……

夜中のミサが始まる。アーチ形の天井に、壁いっぱいに樫《かし》の化粧板を張った、宗寺《カテドラル》を小さくしたようなお城の礼拝堂に、つづれ織の布が掛けられ、ろうそくというろうそくにはみな火が点《とも》っていた。それに何という人！　何という美しい衣装！　まず第一に、合唱席を囲む彫刻を施した僧座には、トランクラージュ侯が肉色琥珀織《こはくおり》の服を着て坐《すわ》り、そのそばに招待を受けたすべての貴族大名たちが控えている。正面には、天鵞絨《びろうど》張りの礼拝椅子に、真紅《しんく》の錦織の衣の老侯爵未亡人と、フランス宮廷最新流行の、模様レースの高い帽子をかぶった若いトランクラージュ侯夫人とが坐っている。下の方には輝く絹

と金銀をちりばめた緞子《どんす》の間に、先のとがった大きな鬘《かつら》をかぶり、ひげを剃《そ》り、黒い服を着たトマ・アルノトン法官とアンブロア公証人とが、二つの厳粛な調子を表わしている。その次は、肥《ふと》った大膳職《だいぜんしょく》、小姓、先駆の武士、代官たち、腰に付けた純銀の鍵輪《かぎわ》にたくさんの鍵をぶらさげたバルブおばさん。後ろの方の長い腰掛けには世話役、召使、家族連れの百姓たち、そして最後に、向こうの戸口の所では料理人たちが戸を細目に開けたり、そっと閉めたりしている。彼らは御馳走を作る合間合間にちょっとミサの気分を味わいに来て、お祝い最中の、ろうそくがいっぱい点って生暖かい礼拝堂に、レヴェイヨンの匂いを持って来る。

僧正はこの料理人たちの白い小さな帽子を眺めて喜んでいるのか？　むしろガリグーの鈴の音を聞いてではないか。祭壇の下で、すさまじい早さで鳴っていて、絶えず、

――急ごう、急ごう……　早く終われば終わるほど早く食事にありつける、と言っているように聞こえる、あのやかましい小鈴ではないか。

とにかく、この悪魔の鈴が鳴るたびに、僧正はミサを忘れてレヴェイヨンのことばかり考える。ざわめく料理人、火の真っ赤におこっている竈《かまど》、蓋《ふた》の隙間《すきま》から立ちのぼる湯気、そしてこの湯気の中に、腹いっぱい松露を詰めて張り切った、二羽の素晴らしい七

面鳥……

今度は、食欲をそそる湯気に包まれたお皿を運ぶ小姓の行列が見える。彼らと一緒にお酒宴《さかもり》の準備の出来た大きな部屋に入る。おお、何と素晴らしい！　御馳走を満載して光に輝く大食卓、美しい羽で飾られた孔雀《くじゃく》、えび茶色の翼を伸ばした雉、ルビー色をしたびん、緑の小枝の上に山と盛られたつややのいい果物、そしてガリグーが(そうだ、あのガリグーが！)話した見事な魚が、水から出たてのように真珠色をした鱗《うろこ》を光らせ、大きな鼻の穴に匂いのいい草の束を差し込んで、茴香《ういきょう》を敷いた上に並べられている。バラゲール僧正にとっては、こういうすてきな御馳走がみな祭壇の刺繡布《ししゅうぬの》の上に盛り出されたかと思われるほど、この素晴らしい幻影は生き生きとしていた。そして二、三度「ドミヌス・ウォビスクム」(主よ、我とともにあれ)と言う代りに、思わず「ベネディシテ」(主よ、食事をいただきます)と言ってしまった。このような軽い間違いを除いては、僧正は一行も抜かさず、一つのひざまずきも省かずに、大変正しく勤行《おつとめ》を果たした。こうして、すべてのことが第一のミサの終りまでは相当うまく運んだ。しかし、クリスマスの晩には、同じ司祭が三つのミサを引き続いて行わなければならない。

——さあ、これで一つ、と僧正はホッと嘆息《ためいき》をして言った。そして、一分の猶予もなくその雛僧に、彼が雛僧だと信じている者に、合図をした。すると……

ガランガランガラン！……　ガランガランガラン！……

第二のミサが始まった。そしてそれと一緒にバラゲール僧正の罪も始まった。――早く早く、急ぎましょう、と鋭い声でガリグーの鐘が叫ぶ。そして今度は、気の毒にも僧正はすっかり貪食の悪魔に身を任せて、ミサの本に飛びかかり、食欲を極度に興奮させて、ガツガツとページを繰った。夢中で坐り、立ち上がり、ぞんざいに十字を切り、ちょっとひざまずき、出来るだけ早く終わるようにと、あらゆる動作を短くした。福音書の朗読で手をあげ「コンフィテオール」〔告白の祈り〕で胸を叩《たた》くのもようやくだった。僧正と雛僧とが我勝ちに早口で話そうとした。唱句も追唱も大急ぎで、ぶつかってしまう。時間のかからぬよう、ろくに口も開かず、半分ばかり唱えると、訳の分からないつぶやきで終わってしまう。

オレムス・プス……プス……プス……

メア・クルパ……パ……パ……

ちょうど葡萄《ぶどう》摘みが桶《おけ》の葡萄を急いで押しつぶすように、二人とも、四方八方にとばっちりをはねかしながら、ミサのラテン語を飛ばし飛ばし言った。

ドム……スクム！……　とバラゲール僧正が言う。

……ストゥトゥオ！……　とガリグーが答える。そして、呪《のろ》われた小さな鐘は、駅馬車を急がせるために馬に結び付けた鈴のように、絶えず彼らの耳元で鳴っていた。こんな風にして、ミサは素早く片付けられた。

――さあ、第二のもすんだ、と僧正は息をはずませて言った。それから一息する暇もなく、汗だくの赤い顔で、祭壇の階段を駆け下りて、そして……

ガランガランガラン！……　ガランガランガラン！……

三番目のミサが始まる。食堂へ行くためには、もうあとわずか歩けばいいのだ。ところが残念！　レヴェイヨンが近づくに従って、不幸にもバラゲール僧正はとても食べたくて我慢がしきれなくなった。幻影はますますはっきりと現われて、金色に輝く鯉、蒸焼きの七面鳥が、それ、それ、それ、そこに……　目の前に……　ああ！……　さらには湯気が立ち、葡萄酒は薫《かお》る。そして、小さな鐘は、やたらに鈴を振って叫ぶ。

――早く、早く、もっと早く！……

しかしどうして、もっと早くやることが出来るか？　唇を動かすばかり。はっきりした言葉は言われない……　早くやるには神様をだましてミサをごまかすのでなければ……ところがそれをしたのだ、この不届き者は！……誘惑の加わるにつれて、まず一節とばし、続いて二節とばした。使徒書は余り長いので終りまでやらず、福音書はあっさりと、祈禱書《きとうしょ》の前は素通りし、主禱文は省略し、序唱は敬遠し、こうしてけがらわしいガリグー（悪魔よ、退《さが》れ！）を従えて、永遠の地獄へと非常な勢いで飛んで行った。ガリグーは素晴らしく巧みに彼を助け、衣の裾《すそ》をあげ、二ページずつ紙を繰り、台にぶつかり、酒水《ビュレット》びんをひっくり返し、ますます強く、ますます速く、小さな鐘を絶え間なく鳴らしていた。

会衆全部の驚いた顔といったらない！　司祭の表情によって、この一言《ひとこと》も分からないミサに従《つ》いてゆかねばならないので、ある者は他の者がひざまずく時に立ち上がり、他の者が立つ時に坐る。そしてこの奇妙な勤行《おつとめ》が次から次へと進むごとに、信者席では種々違った動作が混じり合う。天国の道を、彼方《かなた》の小さな厩《うまや》の方へ行く途中のクリスマスの星は、この混乱を見て驚いて、蒼《あお》くなる……

——僧正様はあまりにお速い……従いてゆくことが出来ない、と、しきりに帽子を動かしながら、老侯爵未亡人がつぶやく。

アルノトン侯は大きな鋼鉄の眼鏡を掛けて、一体どこをやっているのかと聖書の中を捜している。しかし奥の方で、やっぱり御馳走のことを考えている善良な人たちは、飛脚でミサが進行することを怒りはしない。そしてドン・バラゲール僧正が晴れやかな顔で会衆の方を向き、力一杯の大きな声で、「イテ、ミサ・エスト」〔ミサ終わり〕と言った時、それに応じて非常に嬉《うれ》しそうな、非常に元気のいい、既に食卓についてレヴェイヨンの最初の杯をあげているかと思われるほどの、「デオ・グラティアス」〔神に祝福あれ〕という一同の声が礼拝堂をゆるがせた。

Ⅲ

五分の後《のち》には、僧正を中央に、大名たちは大食堂に坐っていた。お城は上から下まで灯《ひ》が点《つ》いて、歌や叫び声、笑い声やざわめきでどよめいていた。そして、バラゲール僧正は、満々と注《つ》がれたアヴィニョンの葡萄酒と、うまい肉汁におのれの罪に対する後悔の念を紛らしながら、フォークを雷鳥《ジェリノット》の翼に突き刺していた。

可哀《かわい》そうに僧正はあまり飲み食いが過ぎて、恐ろしい発作で、懺悔《ざんげ》をする暇さえなく、その夜のうちに死んでしまった。そして翌朝、まだ前夜のお祭り騒ぎ最中《さなか》の天国に着いた。そこでどんな風に迎えられたか？

――目通りならぬ、汚《けが》らわしき奴！と、万物の主なる神は仰せられた。汝《なんじ》の過失は、汝の有徳《うとく》の一生を消し去るに足るほど大きい……　ああ、汝は余《よ》から夜のミサを一つ盗み取った……　よし、汝はその代りに三百のミサを余に返すべきであろう。汝の礼拝堂において、汝の過失により、ともに罪を犯したる人々の面前にて、三百のクリスマスのミサをあげ終わらねば天国へ入れぬであろう……

……これがオリーヴ実る地方で語られるバラゲール僧正の物語である。今日ではトランクラージュ城は存在していない。しかし礼拝堂は今もなおヴァントゥー山の頂上、常緑《シェーヌ・ヴェール》樫の木立《こだち》の中に立っている。風が、はずれた戸をガタガタ鳴らし、草が入口にいっぱい茂っている。祭壇の隅々や、ずっと前から色ガラスのない高い窓には鳥の巣がある。しかしながら毎年クリスマスにはあやしい光が廃墟《はいきょ》のあたりを彷徨《さまよ》うらしく、ミサやレヴェイヨンに行く百姓たちは、雪の日や風の日にも大気の中で燃えている微《かす》かなろうそくの光に照らされた、幽霊のような礼拝堂を見かける。妙な話だが、ガリーグというこの土地の葡萄作りが、きっとガリグーの子孫なのだろうが、あるクリスマスの晩、少し酔っぱらって、トランクラージュの方の山の中に迷い込んだ。そしてこんなものを見た…… 十一時までは何事もなく、すべてのものが沈黙し、暗く、死んだようになっていた。突然、真夜中頃、鐘楼の天辺で鐘が鳴り出した。古い古い鐘で、十里も先から聞こえるようだ。やがて坂道を火がチラチラし、ぼんやりした影の動くのが見えた。礼拝堂の入口を通りながら、ささやいている。

——アルノトン様、今晩は！

——今晩は、皆の衆！……

すべての人々が入ってしまうと、勇敢な葡萄作りはそっと近寄って、こわれた戸口から不思議な光景を見たのであった。先ほど彼の前を通って行った人たちが、今もなお昔の腰掛けがあるかのように、合唱席の周囲や、信者席の跡に並んでいる。錦織の衣装を着け、レースの帽子をかぶった貴婦人たち、頭から足の先まで飾り立てた大名たち、我々のおじいさんが着ていたような華やかな上衣《うわぎ》を着た百姓たち、皆、年とった、つやのない、埃《ほこり》だらけの、疲れた様子をしている。時々、礼拝堂を住家としている夜の鳥が、灯火に目ざめて、ろうそくのまわりを彷徨いに来る。ろうそくの炎はちょうど薄衣《うすぎぬ》の向こうで燃えているようにぼんやり、まっすぐにのぼっている。そして特にガリーグが面白いと思ったのは、大きな鋼鉄の眼鏡を掛けた人物で、黒い高い鬘を絶えずゆすぶっていて、その上に、夜の鳥が一羽足をからませて止まり、静かに羽ばたきをしている……奥の方では、小さな、子供らしい体つきの老人が、合唱席の中央にひざまずき、鈴のとれた音のしない鐘を自暴《やけ》に振っている。古い金色の衣を着た坊さんが、祭壇の前を一言も聞こえないお祈りを唱えながら行ったり来たりしている……　これは確かに三番目のミサをあげている最中のバラゲール僧正であった。

蜜柑

幻想

パリでは、蜜柑《みかん》は木の下に落ちているのを拾ってきた果実といったような哀れな様子をしている。雨空の寒い冬の最中《さなか》に蜜柑がパリに来ると、ものの味の穏やかなこの地方では、その輝く皮や強い香りは、風変わりな、少し放浪的《ボヘミアン》な趣を呈する。霧の深い夜、蜜柑は小さな荷車に積まれ、赤い紙提灯《かみちょうちん》のかすかな光を受けて、悲しそうに歩道を進んで行く。その傍《わき》で、車輪のとどろきや馬車の騒音に消されながら、単調なするどい声が叫ぶ。

――ヴァランス蜜柑が二スー！

多くのパリ人の目には、遠くで摘み取り丸味も平凡で、もいだ跡ばかり小さく緑に残っているこの果物は、砂糖菓子や有平糖《あるへいとう》の仲間である。そういう印象を持たせるのも、蜜柑が薄紙に包んであったり、お祭りが同時に来るからであろう。ことに正月が近づくと、往来に展《ひろ》げられた無数の蜜柑や、溝の中に散らばったあの皮が、パリの町の上に素晴らしく大きなクリスマスの木があって、造り物の果物の実《な》った枝をゆすぶらせているのかと思わせる。蜜柑を見かけぬ場所はない。明るい陳列窓には選《よ》り抜きの、装飾をした蜜柑が並んでいる。監獄や病院の門前ではビスケットの箱や林檎《りんご》の山の間に、また舞踏会や日曜日の見世物の入口の前にもある。そして、その素晴らしい香りは、ガスの臭《にお》いや騒々しいぼろヴァイオリンの響き、大入場の腰掛けの埃《ほこり》と交じっている。蜜柑が出来るのには蜜柑の木が要るということは忘れられてしまう。なぜなら、蜜柑がいっぱい箱につまって、南部地方からまっすぐパリに着く頃、植物園の蜜柑の木は、枝を切り、形をあらため、変装して、冬ごもりした温室から、大気の中へちょっとさらされるだけだからだ。

蜜柑というものを充分理解するには、金色に輝く青空、地中海の穏やかな空気に包まれた、バレアレス諸島、サルデーニャ、コルシカ島、アルジェリアのような原産地に行って眺めなくてはならない。私はブリダー(35)に近いささやかな蜜柑林を思い出す。そこでは蜜柑が実に見事だった！　くすんだ色の、つやのある、釉薬《やきぐすり》をかけたような葉の間に、蜜柑は色ガラスのように輝き、目のさめるような花を囲むまばゆい後光で、あたりの空気を金色に光らせている。あちら、こちらの隙間《すきま》から、枝を通してこの小さな町の城壁、回教寺院の塔、廃堂の丸屋根、そしてその上に、裾《すそ》は緑に、頂きは白い縮れた毛皮のような、降りたての雪でおおわれた、アトラスの巨峰が見える。

滞在中のある晩のこと、どういう訳か、三十年来の珍現象で、雪をはらんだ寒気が眠っているこの町の上まで波及して、ブリダーは姿を改め、真っ白になって目が覚めた。あの軽い澄んだアルジェリアの空気の中では、雪は真珠母《しんじゅぼ》の粉のように見え、白孔雀《しろくじゃく》の羽のように照り映える。一番美しいのは蜜柑の林だ。丈夫な木の葉が、ラック塗りの皿の上の氷菓子のように、雪をそのまま載せている。果実はみな雪の粉を浴びて、薄い白布に包まれた金のように美しく柔らかく、その光もつつましい。何とはなしに、教会のお祭り、薄衣《うすぎぬ》の法衣《ころも》の下に着た赤い僧服、透かしレースをかけた祭壇の金泥《きんでい》、といった感じがする……

しかし、一番深い蜜柑の思い出はやはりバルビカリアの思い出だ。それは暑い時刻に昼寝をしに行った、アジャクシオ湾の近くの大きな庭園である。ここでは蜜柑の木はブリダーよりも高く、疎《まば》らで、往来まで広がり、庭と往来《みち》はただ生垣と溝とで隔てられている。すぐ前が海、青い大きな海だ…… 何という快適な時をこの庭で過ごしたことか！　頭の上で、花が咲き実のなった蜜柑の木が高い香りを放っている。時々、熟した蜜柑が急に枝から離れて、暑さで重くなったように、私のそば近く鈍い音を立てて、何の反響もなく地上に落ちる。手を伸ばしさえすればいい。内部《なか》が真っ赤な見事な果実だ。うまそうだ、それに見晴らしが素晴らしい！　木の葉の間からは海が、おぼろな空気の中でキラキラするガラスの破片のように、まばゆく青い広がりを見せる。その上に、遠くから大気を動かす波のうねり、目に見えぬ舟に乗っているように体をゆすぶる調子のとれたささやき。暑さ、蜜柑の香り……　ああ、バルビカリアの庭で眠る気持のよさ！

しかし時々、昼寝の一番楽しい時に、太鼓の音でハッと目が覚める。山の下の往来へ練習に来るいまいましい太鼓叩きだ。垣根の隙間から、太鼓の胴や、赤いズボンの上に垂れた白い大きな上っ張りが見える。往来の埃が情け容赦もなく照り返すギラギラした光をいくらかでも避けるために、可哀《かわい》そうにやっこさんたち、庭の下の、垣根が作る短い影の中に来て坐《すわ》るのだ。そして太鼓を打つ！　暑いだろう！　そこで私は無理やりに催眠状態《ヒプノティスム》を追い払って、気晴らしに、手の届く所に下がっている赤味を帯《こ》びた美しい黄金色《がねいろ》の実をいくつか彼らに投げつける。ねらわれた鼓手は叩くのを止《や》める。ちょっとためらって、自分の前のくぼ地へ転がって来たすてきな蜜柑はどこから来たのかと見回す。

それから、大急ぎで拾って、皮もむかずにガツガツ食べる。

私はまたバルビカリアのすぐそば、私のいた丘から見おろせる所に、ただ低い塀が境をしている一風変わった小園のあったことを思い出す。このささやかな一角はなかなかよく整っていた。緑の濃い黄楊《つげ》の両側に植わったブロンド色をした砂の小道だの、入口にある二本の糸杉が、マルセイユ辺りの田舎家《いなかや》めいた趣を添えている。一筋の影もない。奥には白い石造りの家が建っていて、地面とすれすれに地下室の窓がある。私は初めは別荘かと思ったが、よく見ると、屋根に十字架があり、文句ははっきり読めないが、石に彫られた碑銘が遠方から見えるので、コルシカのある家族の墓だということがわかった。アジャクシオの周囲には、庭の中に孤立しているこういう小さな死者を祀《まつ》った礼拝堂がたくさんある。日曜日には家族の者がそこへ死者を弔いに行く。そうと知ると、死というものが、乱雑な墓地の中で感じるほどには悲しくなくなる。親しい者の足音だけが沈黙を破るのだ。

私のいる場所から、人の良さそうな老人が小道を静かに歩いているのが見えた。一日じゅう彼は細心の注意を払って、木の枝を切ったり、鋤《すき》を入れたり、水をやったり、しぼんだ花を摘んだりした。そして夕方になると、死んだ家族の眠っている小さな礼拝堂へ入った。また、鋤や熊手や大きな如露《じょうろ》を片付けた。それをすべて、墓守《はかもり》らしく、静かに、長閑《のどか》にやった。自分ではそれとはっきり気がつかずに、この男は、祈るような気持で働いていた。誰かの目を覚ますのを恐れるように、すべての音が弱められ、墓の戸は一々そっと閉められた。輝く深い沈黙の中で、この小さな庭の手入れは一羽の鳥も脅かすことなく、あたりには何の悲しいこともなかった。ただ、海はこのためにいっそう広く、空はますます高く、あまりに生き生きしているために落ち着かぬ、おしつぶされるような自然の間に、限りない昼寝は、周囲の永遠の休息という感じを与えていた……

二軒の宿屋

ニーム(36)からの帰り道、七月のある午後のこと、身の置きどころもない暑さだった。空いっぱいに広がった鈍い銀色の大きな太陽の下を、はてしなく灼《や》けた白い道は埃《ほこり》をかぶって、オリーヴと背の低い樫《かし》の園との間を貫いていた。一点の陰もなく、一そよぎの風もない。ただ熱い空気の震えと突き刺すような蟬《せみ》の声、その耳を圧する、急調の、もの狂おしい音楽は、この無限の光まばゆい震えの、響きそのもののようである……　私は二時間前から、砂漠のような中を歩いていた。と、いきなり目の前に、道路の埃の中から、白い人家の一群が浮かび出た。サン＝ヴァンサンの宿《しゅく》であった。五、六軒の農家、赤屋根の長い納屋、やせた無花果《いちじく》の木立《こだち》には水の涸《か》れた牛馬の水飲場、そして、村の端《はずれ》に、二軒の大きな宿屋が道の両側に向かい合って立っていた。

宿屋が二軒向かい合っていることが、何となく私の心をとらえた。一方は、新しい大きな家で、活気にみちて景気がいい。戸という戸は開け放たれ、前には乗合馬車がとまり、車から解かれた馬は湯気を立てているし、車を降りた旅客は、路上の、壁のつくる短い日陰に、忙しく酒を飲んでいる。騾馬《らば》と車に混み合う広場、物置の陰に寝転んで、涼しくなるのを待つ車ひき。家の中では、叫ぶ声、ののしる声、テーブルを叩《たた》く拳《こぶし》、かち合う杯《さかずき》、玉突きの音、ポンポン抜けるレモン水の栓《せん》、そうしてこの騒ぎの中に、一段高く、破れるような陽気な声が、窓ガラスを震わせて歌う。

可愛《かわい》い娘のマルゴトン
朝はお早くお目ざめで
銀の水がめ肩にのせ
泉をさして行きました……

……向かいの宿屋は、これに引きかえ、ひっそりとして空き家のようである。玄関前には草が伸び、鎧戸《よろいど》は破れ、入口にはすっかりひからびた柊《ひいらぎ》の小枝が古い羽飾りのように垂れ下がり、階段は、路傍の小石を支《か》ってある……それが皆、いかにも見すぼらしく、情けない有様で、ここに立ち寄って一杯飲むのは、確かに一つの慈善である。

中に入って見ると、人気《ひとけ》のない陰気な細長い部屋であった。それが、窓掛けのない三つの大きな窓から差し込むまばゆい日光で、なおさらもの悲しく、荒れ果てて見える。埃に曇ったコップが乱雑に載っているガタガタのテーブル数脚、四隅の穴が椀《わん》のように大きくあいている羅紗《ラシャ》の破れた玉突き台、埃で黄色くなった長椅子《ながいす》、古い勘定台、そんなものが、この部屋の、胸の悪くなるような重苦しい暑さの中に眠っていた。そして、蠅《はえ》のいること！　いること！　こんなにたくさんの蠅は今まで見たことがない。天井にいるのや、窓ガラスにぴったり付いたのや、コップの中や、鈴なりになって……　戸を開けると、ブーンと羽をうならせて、まるで蜜蜂《みつばち》の巣に入ったようだ。

部屋の奥に、一人の女が窓ガラスに額をあてて立ったまま、一心に外を眺めている。私は二度も呼んだ。

——おい、おかみさん！

彼女はゆっくりと振り返って、面《おもて》を見せた。大小の皺《しわ》が寄り、土色をした、田舎女《いなかおんな》のみすぼらしい顔であった。そして、この地方ではお婆《ばあ》さんがかぶるような茶色の裾《すそ》の長いレースの頭巾《ずきん》で顔を包んでいる。しかし、この女は年寄ではなかった。ただ、涙ですっかりしおれてしまったのだ。

——何の御用でございますか？　女は目をぬぐいながら尋ねた。

——ちょっと腰を下ろして何か飲みたいんだが……

彼女はその場に身動きもせず、非常に驚いた様子で私を眺めた。訳が分からないというように。

——じゃあ、ここは宿屋ではないのかね？

女は嘆息《ためいき》を吐《つ》いて、

——いえ……　宿屋ではございますけど……　でも、どうして皆様のようにお向かいにいらっしゃらないのです。あちらの方がもっとずっとにぎやかで……

——にぎやかすぎるんだ、私には……　こっちの方がいいんだよ。

そうして、答えを待たずに、テーブルの前に腰を下ろした。

私が本気で話していることがはっきりすると、おかみさんは非常に忙しそうに、行ったり来たりし始めた。引出しを開ける、びんを振る、コップを拭《ふ》く、蠅を追う……接待《もてな》すべき旅人の訪れたことは、全く珍しい事件であるらしく思われた。時どき不幸な女は立ち止まって、とうてい接待《もてな》すことは出来そうにないというように、考え込むのであった。

やがて、彼女は奥の部屋に入った。大きな鍵《かぎ》を動かし、錠前をガチャガチャ鳴らし、パン箱の中をかき回し、皿に息を吹きかけたり、払ったり、洗ったりするのが聞こえてきた。時々は深い嘆息《ためいき》や、抑えかねたむせび泣きが……

この準備十五分の後《のち》、私の前には一皿の「パスリーユ」(乾葡萄《ほしぶどう》)、砂岩のように堅いボーケールの古パン、一びんの安葡萄酒が並んだ。

——御用意が出来ました、と妙な女は言った。そうして、大急ぎで、もとの通り窓の前へ行ってたたずんだ。

酒を飲みながら、私は女に話をさせようとした。

——ここはあまりお客がないんだろう、ねえ、おかみさん？

——ほんとうに、あなた、一人だって……　村に手前ども一軒だった時は、こんなではありませんでした。立場《たてば》になっておりましたし、鴨《かも》の時分には猟師たちが食事をしました。馬車は一年じゅう間断《ひっきり》なしでした……　けれどもお向こうの人が来て店を開いてからは、すっかりおしまいになりました……　皆様はお向こうにいらっしゃる方がおよろしいんです。こちらはあまり陰気だと思われるのです……　全く自家《うち》は居心地がよくありません。私は、きれいではありませんし、熱病持ちですし、二人の娘は死にましてね……　あちらはあべこべで、年じゅう笑いどおしです。宿をやっているのはアルル生まれで、首に金の鎖を三まわり巻いたレースずくめの美人です。御者がその情夫で、馬車をあそこへつけるんです。その上、給仕にはお世辞じょうずの女が山ほどおります……　だからお華客《とくい》の来ますこと！　ブズース、ルデッサン、ジョンキエール辺りの若者は、すっかりあの女《ひと》のお客です。車ひきは、あの女《ひと》の所を通って行こうと回り道をします……　私は、一人もお客がなく、一日ここにじっとして、やせ細るばかりでございます。

相変わらず額を窓ガラスに押しあてて、ぼんやりした、気のない声で女はこんなことを言った。明らかに向かいの宿屋には、何か彼女の心を奪っているものがあった……

急に往来の向こう側が騒がしくなった。馬車は埃の中に揺れ動いた。鞭《むち》の音、御者のラッパ、戸口に駆けつけた女たちの叫び声が聞こえた。

——さよーなら！……　さよーなら！……　そして、その上に、先刻《さっき》の素晴らしい声が、一段高く始まった。

　銀の水がめ肩にのせ
　泉をさして行きました。

　泉で水をくんでたら
　そこへ三人おさむらい……

……この声に、おかみさんは体じゅうを震わせて私の方を振り向き、低い声で言った。

——お聞きですか？　主人《うちのひと》です……　歌が上手でございましょう？

私はびっくりして女を見た。

——何だって？　御亭主だって！　じゃ、やっぱりあっちへ行くんですか、御亭主も？

するとと女は悲しそうに、しかし優しさをこめて、

——どうも仕方がありません。男はこんなものです、男は泣き顔が嫌いです。ところが私は、娘たちを亡くしてからは、泣いてばかりいます……　その上、誰一人こないこのだだっ広い小屋は、ほんとに陰気なんでございますから……　で、あまり気がつまりますと、可哀《かわい》そうに、ジョゼは向こうへ飲みに参るんです。そして声が良いものですか

ら、あのアルルの女が歌わせるのです。しーっ！……　また始まりました。

こう言って、体を震わせ、手を差し出し、大粒の涙を流してますます醜《みにく》い顔になりながら、窓の前にうっとりとして、アルルの女に歌ってやるジョゼの声に聞き入っていた。

先頭《さき》の一人が近寄って

「やあやあ、ねえさん、お早いな！」

ミリアナで　旅の記録

今度は諸君を風車から二、三百里離れた、アルジェリアの美しい町へ連れて行って一日を送らせよう……　太鼓や蟬《せみ》とは少々趣が違うだろう……

……雨が降りそうだ、空は灰色に曇り、ザカール山の頂きは霧に包まれている。寂しい日曜日だ……　アラビヤ風の城壁に面して窓が開かれている、宿の小さな部屋で、私は煙草《たばこ》をふかして気分を紛らそうとした……　ホテルの図書は全部私の自由になっていた。詳しい法令史と、ポール・ド・コック(37)の小説との間に、一巻のページの抜けたモンテーニュを発見する……　目的《あて》もなく開けて、ラ・ボエシ(38)の死に対する素晴らしい手紙を読む……　いつになく夢見がちの、暗い気持になる……　雨がもうポツポツ降っている。どの滴《しずく》も窓の縁《ふち》に落ちると、去年の雨以来そこに積もっている埃《ほこり》の中に、大きな星の形を作る……　本が手からすべり落ちる。私はしばらくこのもの悲しい星を眺めて過ごす……

町の時計が二時を打つ。——それはここから細長い白壁の見える古い回教の廃堂だ……気の毒な廃堂！ 三十年前には誰がこんなことを言ったろう、「今に胸の真ん中に大きく町の時計の文字板を付け、毎日曜日正二時に、すべてのミリアナの教会に夕拝式《ヴェーブル》の鐘を鳴らす合図をするようになる」と！……ディン！ ドン！ 鐘が鳴り出した！……その音がいつまでも耳についている……どうもこの部屋は悲しい。哲学的思索と言われる大きな朝蜘蛛《あさぐも》が隅々に糸を張っていた……さあ、戸外《そと》へ行こう。

広場に出る。少しぐらいの雨などものともしない歩兵第三連隊の音楽隊が、隊長の周囲に並んだところだ。師団の窓から、令嬢たちに囲まれた師団長が姿を現わす。広場では郡長が治安裁判所判事と腕を組んで、あちらこちらと歩き回る。半裸体のアラビヤ人の子供が五、六人、キャッ、キャッと叫びながら、片隅でビー玉遊びをしている。向こうではぼろを着たユダヤの老人が、昨日この場所に残していった陽《ひ》の光を求めに来る。そして、もう見つからないので驚いている……「一、二、三、始め！」楽隊は、昨冬

私の家《うち》の窓の下で手回しオルガンがやったタレクシーの古風なマズルカを奏する。このマズルカは昔は私を退屈がらせたが、今は涙が出るほど身にしみる。

ああ、三連隊の音楽家たちは何と幸福なのだろう！　十六分音符をじっと見つめて、リズムとにぎやかな音とに酔い、ただ拍子を数えることしか考えない。彼らの精神が、全精神が、手のひらほどの大きさの四角な紙片の中にあるのだ。――その紙片は二つの銅の止金《とめがね》にはさまれて、楽器の先の方で震えている。「一、二、三、始め！」この善良な人たちには、これがすべてなのだ。彼らは祖国の歌を奏しても、いっこうに望郷の念を起こさないのだ……　あいにく、音楽隊の一員でない私は、この音楽に耐えられないで、引きさがる……

どこへ行ったら、このどんよりした日曜日の午後をうまく過ごすことが出来ようか？よし！　シドマールの店が開いている……　シドマールの家《うち》へ行こう。

店は持っているけれど、シドマールは商人ではない。王族なのだ。トルコの近衛《このえ》兵《へい》に絞殺された、アルジェの元の主権者の子息である……　父の死に遭《あ》うや、シドマールは敬愛する母親とミリアナに逃れ、そこで数年間、猟犬《レヴリエ》や鷹《たか》や馬や婦人たちに囲まれて、蜜柑《みかん》と泉水の多い、非常に涼しいきれいな宮殿に、哲人的な大名として住んでいた。フランス軍が来ると、初めのうちはこれに敵対し、アブ＝デル＝カデルと同盟を結んだが、終《つい》にこの酋長《しゅうちょう》と不和になり、仏軍に降伏した。酋長はその復讐《ふくしゅう》として、シドマールの不在中にミリアナに入り、王宮をうばいとり、蜜柑畑を荒らし、馬と女たちを連れ去り、大きな箱の蓋《ふた》で母親の喉《のど》をおしつぶした……　シドマールの怒りはものすごかった。直ちに彼はフランス軍に投じた。そして、酋長との交戦中、我軍にはこれほど立派でまたこれほど勇猛な兵士は一人もいなかった。戦争が終わり、シドマールはミリアナに帰った。しかし、今でもなお彼の前でアブ＝デル＝カデルのことを話すと、彼は色青ざめて、目がぎらぎらしてくるのだ。

シドマールは六十歳である。高齢であり、あばた面《づら》ではあるが、その顔はなお美しさを留《とど》めている。太い眉《まゆ》、女のような眼差《まなざ》し、愛らしい微笑、王侯の風《ふう》。戦争のために破産し、昔日の富裕の名残としては、ただシェリフの原に農家が一軒と、ミリアナの住居があるばかり。そこで彼は手元で育てた三人の息子相手に安楽な暮しをしている。原住民の頭《かしら》たちは彼に非常な尊敬を払っていた。争いが持ち上がると、人々は進んで彼を裁判官とし、その裁判はほとんどいつも法律の代りとなった。彼はあまり外出しない。午後はきまって、住居の隣りの、往来に臨んだ店にいる。この部屋の道具類は多くない。――石灰塗りの白壁、円形の木の腰掛け、クッション、長いパイプ、二つの火鉢……シドマールが人々に接見し、裁判をするのはそこだ。いわば店頭のソロモンである。

今日は日曜日なので来訪者が多い。十二、三人の酋長が外套《がいとう》にくるまって部屋のまわりにしゃがんでいる。それぞれ自分の近くに大きなパイプを備え、透かし模様の美しいコップには少量のコーヒーが注《つ》がれている。私が入っても誰も動かない……シドマールは、私を見ると、自分の席から愛嬌《あいきょう》のある微笑《ほほえ》みを送り、そばの黄色い絹のクッションの上に坐《すわ》るようにと手招きをする。そして指を唇に当て、話を聞けという合図をする。

こういう事件なのだ。ベニ＝ズグズグ族の官吏がある土地のことでミリアナのユダヤ人と口論を始め、両方ともこの争いをシドマールの所へ持って行くことに相談がまとまり、彼の裁判にまかせることとなった。会見はすぐその日と決まり、証人たちが召集された。突然このユダヤ人は意見を変え、証人も連れずに一人で来て、このことは、シドマールよりはフランス人の治安裁判所判事の所へ頼みに行った方がましだ、と言い放った…… 私の着いたのはこういう時だった。

ユダヤ人は――老齢で、土色のあごひげを生やし、栗色《くりいろ》の上衣《うわぎ》を着、青い靴下に天鵞絨《びろうど》の帽子をかぶり、――鼻を空に向けて、懇願するように目を動かし、シドマールの上靴に接吻《せっぷん》し、首を垂れ、ひざまずき、手を合わせる…… 私にはアラビヤ語は分からない。しかし、ユダヤ人の身振りや、絶えず繰り返す「治安裁判官、治安裁判官」という言葉で、この弁舌の内容をだいたい推察した。

――シドマールを疑いはしませぬ、シドマールは賢い、シドマールは正しい…… けれど治安裁判官は、もっとよくこの事件を裁くでしょう。

聴衆は怒っているのだが、いかにもアラビヤ人らしく、平静を装っている…… クッションの上に身を横たえ、ぼんやりした目で、琥珀《こはく》の吸口の付いた煙管《キセル》をくわえて、皮肉の権化、シドマールは微笑みながら聞いていた。突然、演説の高潮に達した時、「カランバ」という力強い言葉がユダヤ人をさえぎった。彼の話はその一語でぴったり止まった。同時に現地の官吏の証人としてそこへ来ていたスペイン人の小作人が席を立ってイスカリオテのユダ(39)に近づき、あらゆる種類の呪《のろ》いの言葉をあらゆる国語で山のように浴びせかけた。――特にその中にはここで繰り返すのをはばかるようなフランス語があった……　フランス語を知っているシドマールの息子は、父の面前でこんな言葉を聞いて真っ赤になり、部屋から飛び出した。――このアラビヤ式教育の特色を忘れてはならない。――聴衆はいつも平然として、シドマールは相変わらず微笑んでいる。ユダヤ人は立ち上がって、戸の方へ後退《あとずさ》りした。恐ろしさに震えながら、ますます激しく、例の「治安裁判官、治安裁判官」をつぶやいた……　彼は表へ出る。スペイン人は怒って後ろから飛び出し、往来で追いついて二度ばかり――ピシャリ！　ピシャリ！――平手で顔を打った……　イスカリオテはひざまずいて、腕を十字に組む……　スペイン人は少し恥ずかしくなって、店に帰る……　彼が帰るとユダヤ人は起き上がって、自分を囲む皮膚の色の様々な群集を陰険な目で眺める。そこにはあらゆる膚《はだ》の人がいた。――マルタ人、マホン人、黒人、アラビヤ人、皆ユダヤ人を憎むことでは共通で、その一人が虐待されるのを見て喜んだ……　イスカリオテはしばらくためらっていたが、やがて一人のアラビヤ人の衣のはしをつかんで、

――見たな、アクメド、おまえは見たな……　そこにいたから……　キリスト教徒がおれを殴ったんだ……　証人になるんだぞ……　いいか……いいか……おまえ、証人に

なるんだ。

アラビヤ人は衣を払い、ユダヤ人を押しやった…… 彼は何も知らない、何も見はしなかった。ちょうどその時は横を向いていたのだから……

——じゃおまえは、カドゥール、見たね…… キリスト教徒がおれを殴るのを見たろう…… と、可哀《かわい》そうなイスカリオテが、サボテンの実をむしっている肥《ふと》った黒人に叫ぶ。

黒人は唾《つば》を吐いて軽蔑《けいべつ》を示し、遠ざかる。彼は何も見なかった…… 真っ黒な眼《まなこ》を帽子の奥で意地悪そうに光らしているマルタ人の子供も何も見なかった。頭に柘榴《ざくろ》の籠《かご》を載せて笑いながら逃げて行く煉瓦色《れんがいろ》のマホンの女も何も見なかった……

ユダヤ人はいたずらに叫び、嘆願し、暴れるばかり…… 証人はいない！ 誰も何一つ見なかった…… 幸いこの時、二人の同宗徒が面《おもて》を伏せ壁とすれすれに往来を通って行った。ユダヤ人はそれを見つけて、

——早く、早く、兄弟たち！ 世話人の所へ！ 早く治安裁判官の所へ！…… あなたがたは見なすった、あなたがたは…… 老人がぶたれるところを見なすった！

彼らが見るものか！…… 私はそう信ずる。

……シドマールの店はざわめいている……　カフェーの主人は茶碗になみなみとコーヒーを注《つ》いだり、パイプに火を点《つ》けて回る。客はにぎやかに、しゃべったり笑ったりする。ユダヤ人が殴られるのを見るのがとても面白いのだ！……　がやがやという騒ぎと煙草の煙の中を、私は静かに戸口の方へ行った。イスカリオテと同宗の人々が兄弟に与えられた侮辱をどう考えたか知るために、ユダヤ人町の方へぶらぶら行ってみたくなった……

——旦那《だんな》さん、今晩食事にいらっしゃい、と人の良いシドマールが大声で言う……

私は承諾し、感謝する。そして表へ出た。

ユダヤ人の町では皆立ち騒いでいた。事件は既に大変な評判になっていた。店には誰もいない。刺繡《ししゅう》職人も仕立屋も馬具屋も——イスラエルの民はすべて往来に出ていた……　男は——天鵞絨《びろうど》の帽子をかぶり、青い毛糸の靴下をはき——大勢一緒になって手振り身振りで騒々しく語る……　女は青白い膨《ふく》れた顔で、金の胸当付きの平べったい服を着て木像のようにぎこちなく、細長い布で顔を包み、こちらの群れからあちらの群れへと、猫のような声で話している……　私が行った時、群集の中に非常な動揺が起こっていた。人々があわただしく駆けつける……　証人によりかかって例のユダヤ人——事件の主人公——が二列に並んだ帽子の間を、雨と降る励ましの言葉を浴びながら通って行く。

——復讐だ、兄弟。わしらのために、ユダヤ人のために仇《かたき》を討ってくれ。何も恐れることはないぞ。法律が味方だ。

松脂《まつやに》や古皮の臭《にお》いがする醜《みにく》い小人が、哀れな様子で私に近づき、深い嘆息《ためいき》を吐《つ》きながら言った。——あの通りだ！　みじめなのは我々ユダヤ人さ、こんな目に遭うんだからな！　ありゃ老人だぜ！　御覧、半殺しにされちまった。

可哀そうに、イスカリオテは生きているというよりは、まるで死んでいるようだ。私の前を通る、——光のない目、青ざめた顔、歩くというよりは体を引きずっている……彼を治すことが出来るのは莫大《ばくだい》な賠償金だけだ。だから医者の所でなく、代弁人の所へ連れられて行くのだ。

アルジェリアには、ほとんどバッタの数と同じくらいたくさんの代弁人がいる。この職業はなかなかいいらしい。どんな場合にでも、試験がなく、保証金も納めず、見習生

ともならずに、簡単にこの職業にありつけるという利益がある。ちょうどパリで私たちが文学者になるように、アルジェリアでは代弁人になる。それにはフランス語とスペイン語とアラビヤ語とを少しかじっていて、鞍《くら》に付ける皮の袋の中にいつも法典を携え、そして何よりも職業意識を持つことである。

代弁人の仕事は種々雑多で、時に応じて弁護士になったり、代理人になったり、仲買人になったり、鑑定人になったり、通訳になったり、帳簿係になったり、仲介業者になったり、代書人になったり、まるで植民地のジャックさん(40)である。ただ、アルパゴンには一人しかジャックさんがいなかったが、植民地には必要以上にたくさんいる。ミリアナだけにでも何十人といる。普通、事務所の借賃を節約するため、広場のカフェーで客に会う。そして、アプサントやシャンポローを飲みながら、意見を述べる——かどうだかあやしいもんだが……

偉大なるイスカリオテは二人の証人に両側から支えられて、広場のカフェーの方へと進んで行く。あとを追うのはよそう。

ユダヤ人の町から出て、アラビヤ人の役所の前を通る。スレートの屋根で、その上にフランスの旗が翻《ひるがえ》り、外から見ると、まるで村役場のようだ。私は判事役を知っている。中に入って、一緒に煙草をのもう。一服、また一服とやるうちに、この太陽の照らない日曜日をつぶしてしまうだろう！

役所の前の広場はぼろをまとったアラビヤ人で一杯だった。彼らはおよそ五十人、外套にくるまり、壁に沿うてしゃがんで、面会を待っている。このベドウィン人の待合所は――野天《のてん》にあるのに――一種の強烈な体臭を発する。早く通ってしまおう……役所に入ると、判事役は二人の背の高い大声の男を相手にしきりに頭を悩ましていた。彼らは裸体の上に汚れた長い衣を掛け、筋道ははっきりわからないが、数珠《じゅず》を盗まれたということを激しい表情で話している。私は片隅の畳の上に坐って眺める……きれいな服だ、判事役の服は。それにミリアナの判事役は実に着方がうまい！　それぞれその人に合わせて裁《つく》ったようだ。服は空色で、黒い胸飾りを付け、金ボタンが光っている。判事役は金髪、紅顔、毛を縮らせている。ユーモアに富み、想像力の豊かな、青衣の美しい軽騎兵である。口数が少し多い――いろんな国の言葉を話す！――多少懐疑的だ――東方研究学校でルナン[41]を知った！――運動が大好きで、誰よりもじょうずにマズルカが踊れ、誰よりうまくクスクス(42)が作れ、郡長夫人の夜会の時と同様、この役所でいい気持になっている。要するにパリっ子なのである。こんな男だから、女が夢中になるのも無理はない。おしゃれということでは一人の敵があるばかりだ。役所の軍曹《ぐんそう》である。彼は――上等の羅紗の軍服を着、真珠貝のボタンの付いたゲートルをはき――守備隊のすべての人たちに失望とねたみを抱《いだ》かせる。アラビヤ人の役所に派遣されて、労役を免除《ゆる》され、いつも白手袋をはめ、きれいに髪を縮らせ、大きな帳簿を抱《かか》えて、往来に姿を現わす。彼は賞《ほ》められ、恐れられる。大した勢力である。

どうも、この数珠が盗まれた話は、恐ろしく長くなりそうだ。さよなら！　すむまで待てない。出がけに見ると待合所はざわざわしている。黒い外套を着、背の高い、青白い、誇り顔の原住民のまわりに人々がひしめいているのだ。この男は、一週間ばかり前にザカール山中で豹《ひょう》と闘った。豹は死んだが、人の方も腕を半分食われてしまった。朝に晩に役所に包帯をしてもらいに来る。そしてそのたびに、人々は広場に彼を引きとめて豹狩の話を聞こうとするのだ。彼は喉の奥から出る美しい声で、ゆっくりと話す。時々、外套を脱いで、胸に吊った、血のにじんでいる布を巻いた左の腕を見せる。

私が町に出るや否《いな》や、激しい嵐が起こった。雨、雷、電光、シロッコ(43)……早く、隠れよう。私は行きあたりばったりに、ある門の中へ駆け込んだ。私の飛び込んだ所は、モール風の広場のアーチの下で、浮浪者がうようよしていた。この広場はミリアナの回教の寺院に隣り合わせ、ひどく貧しい信者のいつも行く避難所で「乞食《こじき》広場」と呼ばれている。

虱《しらみ》の一杯たかった、背の高いやせた猟犬が近寄って来て、周囲を意地悪そうにうろつく。私は廊下の柱によりかかって、努めて落ち着いた様子をし、誰も相手にせず、広場の色のついた敷石の上に跳《は》ねあがる雨を眺めていた。浮浪者たちはひとかたまりになって地面に寝転んでいる。私のそばではちょっときれいな若い女が、首筋や脛《すね》も露《あら》わに、大きな鉄の輪を腕首と足首に付けて、メランコリックな鼻声の三音階で妙な歌をうたう。歌いながら赤銅色《しゃくどういろ》の裸の赤ん坊に乳を飲ませている。そして、空《あ》いている方の腕で、石のすり鉢の中の大麦を砕いている。ひどい風に吹きつけられて雨は時どき母親の足を浸し、赤ん坊の体をぬらした。この女は少しも気にとめず、大麦を搗《つ》きながら、そして

乳房《ちぶさ》をふくませながら、突風の中で歌い続ける。

嵐が静まる。晴れ間を利用して、私はこの奇蹟の中庭《クール・デ・ミラクル》(44)を急いで立ち去り、シドマールの家《うち》の晩餐《ばんさん》へと出かけた。ちょうどいい時だ……　広場を横ぎる時にまた先刻《さっき》のユダヤの老人に会った。彼は代弁人によりかかっている。証人たちが後から愉快そうに歩いてくる。汚らしいユダヤ人の子供がまわりを飛《と》び跳《は》ね……　みな晴れ晴れした顔をしている。代弁人が事件を引き受けたのだ。彼は裁判所で二千フランの賠償金を要求するだろう。

シドマールの所のぜいたくな晩餐。――食堂は噴水が二つ三つ快い音を立てているモール風の優雅な中庭に臨んでいる……ブリス男爵(45)にでもすすめられるトルコ風の素晴らしい料理だ。いろいろの皿の中で、私の注意をひいたのはアーモンド入りの雛鶏《ひなどり》、バニラ入りのクスクス、肉を詰めた亀《かめ》――少しこってりしているが最高級の味だ――また、「法官せんべい」と呼ばれる蜂蜜《はちみつ》入りのビスケット……　酒はシャンパンばかり。マホメット教徒の法律《おきて》を破って――もっとも、給仕たちが背中を見せている時だったが――

シドマールも少し飲んだ……　食後、主人の部屋に通る。ジャムやパイプやコーヒーが運ばれる……　この部屋の家具は簡素である。長椅子《ながいす》と蓙《ござ》とがあり、奥の方には高い大きな寝台があって、その上に金の刺繍をした赤い小さな蒲団《ふとん》が散らばっている……　壁の所には、ハマディという元帥の勲功を描いたトルコの古い絵がかかっている。トルコでは画家は一つの絵に一色の絵具しか用いないらしい。この画面には緑が用いてある。海、空、船、ハマディ元帥まで、みんな緑だ、しかも何という緑色だ！……

アラビヤの風習は退出の早きをよしとしている。私はコーヒーを飲み、パイプをふかすと、主人に夜の安穏を祈って、彼を女たちのそばに残した。

どこでこの夕べを終わろうか？　床《とこ》につくには早過ぎる、騎兵のラッパもまだ帰営を告げない。その上、シドマールの金の小蒲団がまわりで幻のようにファランドールを踊って、眠りを妨げる……　劇場の前に来た、ちょっと入ろう。

ミリアナの劇場は昔の飼料倉庫の跡だが、どうやら劇場らしくなっている。幕間《まくあい》に油を入れる大きなケンケ式ランプが、釣燭台《つりしょくだい》の役をする。土間の後方《うしろ》は立見で、前方は腰掛けて見る。二階桟敷《さじき》は藁椅子《わらいす》付きだというので評判だ……　部屋の周囲は、暗い、囲いのない長廊下になっている……　往来にいるような気がする、全くその通りなのだ……　私が行った時、芝居はもう始まっていた。驚いたことには役者たちは相当にやる、といっても男優のことだが、彼らは派手に動き、活気がある……　ほとんど皆素人《しろうと》で、歩兵第三連隊の兵士たちだ。連隊の人たちもこれが得意で、毎晩、彼らに拍手を送りにやって来る。

女優の方は、いやはや！……　これはやっぱりいつもの通り田舎芝居の女連中で、きざで誇張があり、虚偽《うそ》がある……　しかし、この女たちの中で二人、私の興味をひいたのがいた。ごく若い、ここで初めて舞台を踏んだミリアナ生まれのユダヤ人である……　両親が客席にいて喜んでいるらしい。彼らは娘たちがこの商売で何千というスペイン銀貨を得ると確信している。百万長者で喜劇女優のユダヤ人ラシェルの話が、既に東欧生まれのユダヤ人の所に広まっている。

舞台におけるこの二人のユダヤ人ほど滑稽《こっけい》で、またほろりとさせられるものはない……　白粉《おしろい》を塗り、紅《べに》をつけ、首や肩を露わに、すっかりかたくなって、舞台の隅におどおどと立っているのだ。彼女たちは寒くて恥ずかしい。時々、訳がわからずに台詞《せりふ》を言う。そしてしゃべっている間、このヘブライ民族の大きな目は、ぼんやりと客席を眺めている。

劇場を出る……　あたりの暗闇《くらやみ》の中で、広場の隅に叫び声が聞こえた……　きっとマルタ人が刀を振るって黒白《こくびゃく》を争っているのだろう……

城壁に沿うてゆっくり宿に帰る。蜜柑とチュイアの木の素晴らしい香気が野原から上《のぼ》る。空気は和やかであり、空は澄んでいる……　向こうの、道の端《はずれ》に、昔の寺の跡である古壁が幻のように立っている。この壁は神聖である。アラビヤの女たちが毎日そこへ「奉納物」をかけに来る。それは彼女たちの服の切れはしとか、茶色の髪を長く編んで銀糸で結んだものとか、外套の裾《すそ》などである……　それらは皆、淡い月光の下で、夜の生温《なまぬる》い風に吹かれている。

バッタ

もう一つアルジェリアの思い出を語って、それからまた風車小屋に立ち帰ろう……

あのサヘルの農家に着いた晩、私は眠れなかった。土地が初めてであること、旅の不安、狼の吠《ほ》える声、その上いらだたしい、じりじり迫る暑さ、蚊帳《かや》の網目を通る風さえなさそうなひどい息苦しさ…… 明け方、窓を開くと、ゆるやかに動く重たい夏の霧がまわりを黒と薔薇色《ばらいろ》に縁《ふち》どられて、戦場に浮かぶ煙雲のように空中を漂っていた。木の葉一枚揺れていない。下に見える美しい庭には、葡萄酒《ぶどうしゅ》に甘味をつける太陽を一杯に浴びて、斜面にまだらな葡萄の木、物陰に陽《ひ》を避けた欧州産の果樹、背の低いオレンジの木、細かく長い列を作った蜜柑《みかん》の木、どれもこれも嵐の前の動かぬ木の葉のように元気がない。あの薄いこまかな葉を絶えず微風《そよかぜ》にもつらせる、浅緑の大きな高いバナナの木もまた、静かに、まっすぐに、そろいの羽飾りのように立っていた。

季節に応じて、それぞれ異国の花や実をつける、世界じゅうの木が集まったこの素晴らしい植物園を、私はしばらく眺めていた。麦の畑とコルク樫《がし》の茂みとの間に一筋の流れが輝いて、この息苦しい朝、見る者の心をさわやかにする。モール風のアーケードと、明け方の光に真っ白なテラスを備えたこの美しい農家《マス》、その周囲にある厩《うまや》と納屋、あらゆるものが豊富に、整頓されているのを見て、こうした善良な人々が、このサヘルの渓谷に引き移ってきた二十年前のことを思った。当時、彼らの見出したものといえば、道路人夫の見すぼらしい仮小屋一つ、乳香樹と背の低い棕櫚《しゅろ》の一面に生えている未墾の土地だけであった。すべてを創造し、すべてを建設しなければならなかった。絶えずアラビヤ人は反抗する。それを射撃するために鋤《すき》を地に置かねばならぬ。続いては悪疫、眼病、熱病、作物の不作、無経験による暗中模索、無方針でやかましい施政に対する闘争。その努力！　その疲労！　絶えざる監視！

苦境の時代が終わり、辛苦して富をかち得たが、今なお農家では主人《あるじ》も主婦も一番先に起きる。朝早く私は、彼らが労働者に飲ませるコーヒーに気をくばりながら階下の大きな台所を行ったり来たりする足音を聞いた。やがて鐘が鳴り、少し経《た》つと労働者たちが往来に並んだ。ブルゴーニュの葡萄作り、ぼろを着て赤いトルコ帽をかぶったカビリ

ア の百姓たち、素足のマホンの土木工、マルタ人、ルッカ人、いずれも人種が違い、指図するのに骨が折れる。農家の主人は戸口の前で、彼らの一人一人に向かい、いくぶん荒っぽい調子で言葉少なにその日の仕事を割り当ててやった。それが終わると頭をあげ、心配そうに空模様を見た。そして、窓際にいる私を見つけてこう言った。

——こんな日和《ひより》じゃ耕作《しごと》はだめです……　それシロッコが吹く。

全く、開閉《あけたて》する竈《かまど》の口から出るように、やけた、むっとする風が、太陽の昇るに従って南からどっと寄せて来た。どこにいたらいいのか、どうなるというのであろう。午前中はこんな風《ふう》で過ぎた。私たちは話す元気もなく、動く勇気もなく、廊下の蓙《ござ》の上でコーヒーを飲んだ。犬は冷たい敷石を求めて、暑さにうだったような格好で長々と寝そべっている。昼飯で私たちは少し元気が出た。品数の多い、風変わりな食事で、鯉《こい》、鮎《あゆ》、猪《いのしし》、きのこ、スタウェリーのバター、クレシアの葡萄酒、梨《なし》、バナナ、私たちを囲んでいる自然同様、複雑きわまる世界じゅうの料理なのだ……　食卓を離れかけた時、竈のような庭の暑さを避けるために閉めた出入窓の方で、突然けたたましい叫び声が起こった。

——バッタ！　バッタ！

主人は凶報を受けた人のように、真《ま》っ蒼《さお》になった。私たちは急いでそこを出た。十分間というものは、今し方あれほど静かだった家の中で、あわただしい足音がひびき、寝床を離れる騒ぎに消されて、はっきり聞き取れない声がする。玄関の物かげで昼寝をしていた召使たちは、棒だの熊手だの麦打ち棒だので、手元にあるあらゆる金属の道具、銅の大鍋《おおなべ》、手鍋、スープ鍋などを鳴らしながら表へ飛び出した。牧人《ひつじかい》は牧場《まきば》のラッパを吹いた。航海用のほら貝や狩の角笛《つのぶえ》を鳴らす者もある。乱雑な恐ろしい騒ぎだった。そしてその騒ぎにかぶさるように、近隣の部落から駆けつけたアラビヤ女が鋭い調子でイューイューと叫ぶ。大きな物音をさせたり空気を鳴りひびかせれば、バッタを遠退《とおの》かして、下りて来るのを充分防げるものと見える。

だが一体、その恐ろしい虫けらはどこにいるのだろう。暑さに震える空には、森の無数の小枝を鳴らす嵐のような音を立てて、銅色の、網目のつまった、霰《あられ》をふくんだ雲かと思われるのが、地平線上に現われたのを見るばかりであった。それがバッタだった。パサパサした翼を広げて支え合い、一団となって飛んでいた。私たちの叫び声や、努力の甲斐《かい》もなく、雲は絶えず大きな影を原に落としながら進んで来る。やがて私たちの頭の上に来た。たちまち端の方から房が下がり、裂目《さけめ》が出来たかと思うと、にわか雨のバラバラと降り出すように、はっきりと茶色がかったいくつかの房が離れた。続いてパッと雲が裂けて、虫の霰は、隙《すき》もなくざわざわと落ちて来た。見渡す限り畑はバッタにおおわれた。大きなバッタ、指ほどの太さのバッタに。

そこで虐殺が始まった。おしつぶしたり、藁《わら》を砕くいやなざわめき。鍬《くわ》だの鶴はしだの、鋤だので、人々はこのもくもく動く地面を掘り返した。殺せば殺すほど虫はふえる。層をなしてうごめき、長い肢《あし》をもつらせている。上にいるのが苦しまぎれに跳ね上がり、この変わった仕事のために鋤につながれた馬の鼻面《はなづら》に飛びつく。農家の犬や部落の犬は畑の中を飛び回って、バッタに躍りかかり、怒ってかみ砕く。この時、ラッパ隊を先頭に立てた狙撃兵《そげきへい》が二中隊、不幸な移住民を救助にやって来た。虐殺が趣を変えた。

バッタをつぶす代りに、兵士たちは地面に細長く火薬の筋を引いて火を点《つ》けた。

殺すのに疲れ、悪臭に胸を悪くして私は家に帰った。家の中にもバッタは戸外とほとんど同じくらいいた。開いている戸、窓、煙突の口から入ったのであった。バッタは板壁の縁《ふち》だの、すっかり食いやぶった窓掛けの上を、這《は》って歩き、下に落ち、飛び、そして、いっそう醜《みにく》さを増す大きな影を映して、白壁をよじ登っていた。そしていつでも、あのぞっとするような臭《にお》い。夕食には水も使えなかった。用水桶《ようすいおけ》、泉水、井戸、養魚池、すべてバッタに侵されていた。ずいぶん殺したのに、夕方、部屋ではなお、家具の下にうごめく音や、豆のさやが炎暑に遭《あ》ってはじけるような翅《はね》のバリバリいう音を聞いた。その夜もまた、私は眠れなかった。家《うち》のまわりでも皆起きていた。炎が野原の端から端へ、地面とすれすれに流れている。狙撃兵は絶え間なく殺している。

翌朝、私が前日のように窓を開けた時、バッタの群れは立ちのいていた。しかし、あとに残した廃墟《はいきょ》といったら！　一輪の花、一本の草もない。万物ことごとく黒く、かじられ、焼けくずれていた。バナナの木も杏《あんず》の木も、桃も蜜柑も、むき出しの枝ぶりでやっと見分けがつくばかり。木の生命である魅力もなく、葉のゆるぎもない。人々は水を入れる樽《たる》や用水桶を洗っていた。至る所で労働者たちは、虫の残して行った卵を殺すために、地を掘っていた。どの土塊《つちくれ》も掘り返され、細かくつぶされた。こうして荒れ果てた豊かな土の中に生き生きとした無数の白い根が出ているのを見ると、私は胸が一杯になるのであった。

ゴーシェー神父の保命酒

まあ、一杯。味はいかがです。

と、一滴ずつ、まるで真珠を数える宝石商人のようにこまやかな注意を払って、司祭グラヴゾンは、金色を帯びて燃えるように輝くうまそうな緑の液体をぽっちり注《つ》いでくれた……　胃袋がいい気持に暖かくなった。

——ゴーシェー神父の保命酒ですよ。わがプロヴァンス地方の喜びと健康の源泉《みなもと》です。と、司祭は得意そうに語り出した。あなたの風車から二里ばかりのプレモントレ会の僧院で造っています……　どうです、世界じゅうのシャルトルーズ酒の中でもこれに及ぶものはありますまい……　それに、このお酒の由来が面白いんですよ！　まあ聞いて下さい……

「十字架の道」の額が並んでいる、白法衣《シュルプリ》のようにぴんと糊《のり》の利いたきれいな明るい窓掛けの下がった、静かなさっぱりした司祭館の食堂で、司祭はエラスムス(46)かダスーシ(47)のようにいくぶん懐疑的な、ほんの少し不敬に当たる短い話を、何の悪意もなく気軽に話し始めた。

——二十年ばかり前、プレモントレ会の僧、プロヴァンスの人たちの言う白衣僧《ペール・ブラン》たちは、非常な困窮に陥りました。もしこの時代の彼らの住居を御覧になったらあなたの心は重くなったでしょう。

大きな壁もパコミウスを祀《まつ》った塔もくだけ落ちてしまい、回廊のまわりにはすっかり草が茂って、柱には割れ目が出来、壁のくぼみにある聖人の石像は欠けくずれていました。無事な窓ガラス、満足な戸は一つだってありません。中庭や礼拝堂にはローヌの風がカマルグを吹きまくるように吹きすさんで、ろうそくを消し、ガラス窓の鉛の枠を壊し、聖水盤の水をこぼしました。しかし一番いたましいのは、空《から》っぽの鳩小屋《はとごや》のように静かな僧院の鐘つき堂と、鐘を買おうにもお金がないので、暁の勤行《おつとめ》を知らせるのに、拍子木を叩《たた》かねばならぬ坊さんたちでありました!……

気の毒な白衣《ペール・》僧《ブラン》たち！　聖体祭の行列の時、南瓜《かぼちゃ》や西瓜《すいか》ばかり食べて生きている青白く弱々しい坊さんたちが、継ぎの当たった外套《がいとう》を着て悲しそうに練り歩き、その後から僧院長が頭をうなだれ、金のはげた杖《つえ》と虫に食われた白い毛糸の僧帽《ミトル》を日にさらすのを恥じ入っている様子が、今でも目に見えるようです。居並ぶ婦人の信徒たちはこれを気の毒がって涙を流し、また、肥《ふと》っちょの旗持ち連は可哀《かわい》そうな坊さんたちを指差しながら低い声で嘲笑《あざわら》いました。

——椋鳥《むくどり》はかたまって出かけると餌《えさ》にありつけないぞ、って。

白衣僧《ペール・ブラン》たち自身も、世界じゅうを飛び回り、それぞれ自分の望む所へ餌を捜しに行った方がよくはないか、と考えるようになりました。

ところである日、この重大問題が会議で議論されている時、僧院長のもとへ、教弟のゴーシェー坊が会議で意見を述べたいと言っている、という知らせが来ました。御参考までに申し上げておきますが、このゴーシェー坊というのは僧院の牛飼なんです。敷石の隙間《すきま》に生えている草を捜すやせこけた二匹の乳牛を追いながら、回廊のアーケードからアーケードへと歩き回ってその日その日を過ごしていました。十二歳までベゴン婆《ばあ》さんと呼ぶボーの地方の怪しげな老婆に育てられ、それから修道僧のもとに引き取られたこの不幸な牛飼の覚えたことは、牛を追うことと、主の祈りを暗唱することだけでした。それもプロヴァンス語で唱えたのです。なぜなら彼は物覚えが悪く、頭の働きがにぶいのでした。また少し空想家ではありましたが、熱心な信者で、喜んで苦行帯を着け、強い信念の下《もと》に戒律に服し、よく働きました！……

単純で粗野な彼が会議室に入って来て、片足を引いて一同に挨拶《あいさつ》をするのを見ると、僧院長も坊さんたちも会計係も皆笑い出しました。これは彼のごま塩頭の善良な顔が、山羊《やぎ》ひげをつけ愚かそうな目つきでどこかに現われる時、いつも起こることでした。ですからゴーシェー坊はびくともしません。

——神父さん方、とオリーヴの種《たね》の数珠《じゅず》をひねりながら、ばか正直な様子で言いました。空っぽの樽《たる》が一番いい音《ね》を出すというのはもっともです。この空っぽの貧しい頭を絞ったお陰で、私はみんなの苦しみを切り抜ける方法を見つけたと思うんです……

——こういう訳ですよ。私を育ててくれた、あのベゴン婆さんを御存じでしょう(神様、あのしょうのない婆さんの魂をお守り下さい！　酒を飲むととてもいやな歌をうたいました)。ところでみなさん、ベゴン婆さんは生きていた頃コルシカ島の年寄の鶇《つぐみ》と同じくらい、いやそれ以上、山の草について知っていました。そして、死ぬ少し前、私と一緒にアルピーユの山へ採りに行った薬草を五、六種混ぜて、何とも言えないうまい薬酒《おさけ》を作ったのです。それからずいぶん長く経《た》ちました。しかし、聖アウグスティヌスのお助けと僧院長殿のお許しがあれば、私は――よく調べて――この不思議な薬酒《おさけ》の造り方を見つけることが出来ましょう。そしたら早速びんに詰めて少し儲《もう》かるように売ればいいのです。やがてはトラピスト修道会やグランド派の坊さんたちのように、自然とお金がたまりましょう……

おしまいまで話を続けることは出来ませんでした。僧院長は立ち上がって彼の首っ玉にしがみつくし、坊さんたちは手を握るし、会計係は他の誰よりも感動して、ぼろぼろにほぐれた衣の裾《すそ》にうやうやしく接吻《せっぷん》をしました……それからみんなまた席に戻って評定し、衆議一決、ゴーシェー坊がその薬酒《おさけ》の製造に全身を打ち込めるように、牝牛《めうし》はトラシビュル坊にあずけることとなりました。

この坊さんがベゴン婆さんの製造法《やりかた》をどうして見出すに至ったか、どれほど大きな努力を試みたか、どんなにたびたび夜業《よなべ》をしたか、そういう話は伝わっておりません。た

だ確かなことは、六カ月の後《のち》には白衣僧《ペール・ブラン》の保命酒が既に広くその名を知られておりました。法王領《コンタ・ヴネサン》全部とアルル地方全部で、「食料庫《デパンス》」の奥の、ヴァンキュイ〔煮葡萄酒《にぶどうしゅ》〕のびんとオリーヴの壺《つぼ》との間に、プロヴァンスの紋章の封印を付け、坊さんが酒を飲んで陶然としている銀のレッテルを貼った、茶色の小さな陶器のびんのない家はありませんでした。この保命酒の流行《はや》るお陰で、プレモントレ会の僧院はたちまち豊かになりました。パコミウスの塔は再興され、僧院長は新しい僧帽《ミトル》をかぶり、聖堂には細工のこまかいきれいな窓ガラスが出来ました。美しい彫刻を施した鐘つき堂で、復活祭《パク》の朝、大小の鐘がみな一斉にゴーンゴーンと鳴り響くようになりました。

粗野なために会議の席をにぎわせていた、僧籍に属しない、あの気の毒なゴーシェー坊は、僧院では問題にならなくなりました。以後はただ名僧知識のゴーシェー神父として知られ、僧院のこまかい面倒な仕事からすっかり離れて、終日その酒造所にこもり、一方三十人の僧は山じゅうを駆け巡って彼のために香りの高い草を捜しました……誰一人、僧院長でさえも入る権利のないこの酒造所は、庭の一隅にある、打ち捨てられた古い礼拝堂でした。坊さんたちの単純さから、この場所は何か不思議な恐ろしい所となっていました。たまに、大胆で物好きな若僧が、壁にからまる葡萄の樹をよじ登って入口の上の円花窓《ロザース》まで達しても、コンロに身をかがめ、秤《はかり》を手に持った、魔術師のようなあごひげのゴーシェー神父を見ると、驚いてたちまち転げ落ちました。それにゴーシェー神父のまわりには赤い砂岩で作った首の曲がったびん、大きな蒸溜器《じょうりゅうき》、ガラスの蛇型《へびがた》の管などが異様に散らばっていて、焼絵ガラスを通す赤い光の中に妖《あや》しい炎をあげていました……

夕方、最後の御告《アンジェリュス》の鐘が鳴る時に、この神秘な場所の扉が静かに開かれて、神父は勤行《おつとめ》のために聖堂へ行きました。彼が僧院内を歩く時、どんなにもてはやされたことでしょう！　坊さんたちはその通り道に垣を作りました。そして

――静かに！……　秘法をわきまえておいでだ！……　と囁《ささや》きました。

会計係は後ろから従《つ》いて行って頭をさげて話をします……　みんながへつらっている中を、神父は鍔《つば》の広い帽子を光背のようにあみだにかぶって額の汗を拭《ふ》きながら、蜜柑《みかん》の木の植えられた広い中庭、新しい風見の回る青屋根、そして白く輝く回廊の中――優美な花飾りの柱の間を――きれいな衣を着た坊さんたちが二人ずつ並んで平和な顔をして歩いているのを、満足そうに眺めながら通って行きました。

これはみんな私のお陰なのだ！　と神父はひそかに思いました。そしてそのたびにこ

の考えはむらむらっと傲慢《ごうまん》な気持を起こさせました。やがておわかりになるでしょう可哀そうに、彼はこのため充分に罰せられました。

……

ある晩、勤行《おつとめ》の最中、彼が非常に興奮して聖堂に来たのです。真っ赤な顔で息を切らし、外套を引っかけて、聖水を取る時に袖《そで》を肘までぬらしたほどそわそわしていました。初めのうちは遅れたからあわてておいでなのだろうと思われました。しかし祭壇に礼拝をする代りに、パイプ・オルガンや説教壇にひざまずいたり、風のように室内を横切り、自分の席を捜すために五分間も内陣《クール》をうろつき、一度席につくと、信心深そうに微笑《ほほえ》みながら左右に頭を下げるのを見て、本陣《ネフ》では驚きの私語《ささやき》が伝わりました。みんなひそひそと話しました。

――ゴーシェー神父はどうなさったんだろう？……　ゴーシェー神父はどうなさったんだろう？……　と。

我慢が出来なくなった僧院長は、沈黙を命ずるために、二度までも、床を杖で叩きました……　内陣《クール》では読経《どきょう》が続けられていますが、追唱には力が欠けていました……

突然、聖体賛美の祈りの最中に、ゴーシェー神父は僧座に仰向けに倒れて、張り裂けるような声で歌い出しました。

パリにおります、白衣僧《ペール・ブラン》、

パタテンパタタン、タラベンタラバン……

一同色《いろ》を失い、総立ちになりました。

――外へ出しちまえ……　悪魔に取りつかれたのだ！

坊さんたちは十字を切る。僧院長の杖が舞う……　しかしゴーシェー神父は何一つ目にも耳にも入りません。そこで二人の腕っぷしの強い坊さんが、憑《つ》きものを払われる男のようにじたばたして一段と声を張り上げパタテン、タラバンを続けるゴーシェー神父を、内陣《クール》の小さな戸口から、引きずり出さねばなりませんでした。

翌日、夜明けに、気の毒なゴーシェー神父は僧院長の祈《き》禱室《とうしつ》にひざまずき、涙を滝のように流して懺悔《ざんげ》をしていました。

――お酒のためです、院長様、お酒にやられたのです、と胸を叩きながら言いました。これほどまでに後悔しているのを見ると、善良な僧院長はすっかり感動してしまって、――まあ、まあ、ゴーシェー神父、気を落ち着けて。そんなことは皆、陽《ひ》を浴びた朝露のように乾いてしまいます……　とにかくあなたが思っているほどの悪い行いではありません。もちろん歌が少し……どうも……　いやなに、若い者たちの耳に入らなけりゃいいんです……　ところで一体どうしてこんなことが起こったか、聞かせて下さい……　お酒を試しながらでしょう？　手がすべったというわけですね……　ええ、よくわかりますよ……　火薬を発明したシュヴァルツ修道士のように、あなたも発明の犠牲となったのです……　で、どうしてもこの恐ろしいお酒の味は、自分が見なけりゃならないのですか？

――どうも仕方がありません……　試験管はアルコールの強さと割合を計ってはくれますが、最後の仕上げの口当りのよさは、私の舌に頼るよりほかはないので……

ああ！　そうですか……　まあ少し私の言うことをお聞きなさい……　そんな風に必要に迫られて味わう時、お酒は美味《おい》しいですか？　飲むのは楽しみですか？……

――情けないことにはその通りなんで……　と真っ赤になって神父は答えました……

この二晩、その香りの素晴らしいこと！……　これはきっと悪魔のしわざです……私は今後、試験管だけを用いようと決心しました。お酒にいい味がなくなって、真珠の泡がたくさん出来なくなっても仕方がありません……

——まあ慎重に、と急いで僧院長がさえぎりました。進んでお得意様の気をそこねるようなことをしてはなりません……　こんな気まずいことがあったからには、何よりも心がけていただきたいのは用心をなさることです。で、どのくらいあれば味がわかりますか……　十五滴か二十滴でしょう……　二十滴としましょう……　もし二十滴で悪魔があなたを捕まえることが出来るなら、それはよほど頭のいい悪魔です……　なお、まさかということもありますから、以後は聖堂に来なくてもいいことにしてあげましょう。夕方の勤行《おつとめ》は酒造所でなさい……　では、心を落ち着けて、特に……　何滴かよく勘定なさい。

情けないことには、この気の毒な神父は滴《しずく》を数えてもむだで……　悪魔が捕まえて放しませんでした。

奇怪な勤行《おつとめ》が酒造所から聞こえて来ました！

昼間はまだ何事もなかったのです。神父は相当に落ち着いていて、コンロ、蒸溜器を整え、質のいい、灰色の、ギザギザのある、香りの高い、よく陽に乾《ほ》されたプロヴァンス州のいろいろの草を注意ぶかく選《よ》りわけました…… しかし夕方、薬草が煎《せん》じられ、お酒が赤い銅の大きな鍋《なべ》の中で生温かくなると、気の毒な人の受難が始まるのでした。

——……十七……十八……十九……二十!……

滴《しずく》は吹管《すいかん》から金鍍金《きんめっき》のコップの中に落ちました。この二十滴を神父は別にうまいとも思わずに一息で飲み干しました。飲みたいのは二十一滴目です。ああ、この二十一滴目!…… そこで誘惑から逃れるために、彼は部屋の片隅へ行ってひざまずき、一心に主の祈りをしました。しかし、温かいお酒からはよい香りをこめた細い煙が立ちのぼり、彼のまわりを漂って、いやおうなしに鍋の方へと引っ張って行きました…… 液体は美しい金緑色を呈しています…… その上に身を傾け、鼻の穴を膨《ふく》らまして、神父は静かに管でかき回しました。エメラルドの波が転がす細かい砂金の輝く中に、——さあ、もう一滴! と言って笑っている、キラキラ光るベゴン婆さんの目が見えるようでした。

一滴、もう一滴と、気の毒なゴーシェー神父はコップになみなみと注いでしまいました。そして、力が尽きて大きな肘掛《ひじか》け椅子《いす》に腰を落とし、体をぐったりとさせ、まぶたを半分閉じて、気持のいい後悔の念に駆られながら、

——ああ、どうせ地獄に落ちるんだ……　地獄に落ちるんだ……　と低い声で言って、チビリチビリとその罪を味わいました。

一番恐ろしいのは、この悪魔のような液体の底に、(どういう魔術のためかわかりませんが)ベゴン婆さんのいやらしい歌が次々に見えることでした。「小さなおばさま三人が、酒盛りをする御相談……」また、「アンドレ殿《どん》のベルジッ娘《こ》、一人ぼっちで森へ行く……」そしていつでも白衣僧《ペール・ブラン》のおきまりの、「パタテンパタタン」です。

翌日、隣りの室《へや》の人たちから、意地悪そうに、

——おい、おい！　ゴーシェーさん、あなたは昨夕《ゆうべ》床に入る時、頭に蟬《せみ》が入っていたようですね、と言われてどんなに恥じ入ったでしょう。

ゴーシェー神父は涙を流して、失望落胆し、断食をし、苦行帯を着け、戒律を守りました。しかし、お酒の悪魔にはどうすることも出来ませんでした。そして毎晩同じ時刻

に、悪魔が乗り移ってくるのでした。

この間に注文は主の恵みの豊かに注ぐが如《ごと》く、雨と僧院へ降って来ました。ニームからも、エクスからも、アヴィニョンからも、マルセイユからも…… 日一日と僧院は製造所めいてきました。荷造り僧、札付け僧、他の者は字を書いたり運搬したり…… 神様への勤行《おつとめ》が怠られて、あちこちで少しずつ鐘が鳴らなくなりました。しかし土地の者たちはそのために何の損もしませんでした、それはこの私が受け合います……

ところである日曜日の朝、会計係が一年の総勘定を会議の席で読みあげている時、そして善良な坊さんたちが目を輝かし、唇に微笑を浮かべてそれを聞いている時、ゴーシェー神父がこの会議の真ん中に飛び込んでこう叫びました。

——おしまいだ…… もうやらない…… 牝牛を返して下さい。

——一体どうしたんです、ゴーシェーさん？ と、うすうす感づいていた僧院長が尋ねた。

——どうしたのですって、院長様？…… 私は地獄で炎に焼かれ、熊手で突かれるようなことをしているのです……　お酒をやります、がつがつ飲むんです……

――でも何滴か数えなさい、と言ったでしょう。

――ええ、その通りです、何滴か数えるって！　しかし今はコップに何杯、と数えなければなりません……　ええ、そうですとも。毎晩フラスコに三杯……　こんなことが続けられないのはよくおわかりでしょう……　ですからお酒は誰かお望みの方に造らせて下さい……　この上やり続けたら、私の体は神様の火で燃えちまいます！

もう坊さんたちは笑いませんでした。

――けれど、ひどい方だ、あなたは私たちを破産させておしまいになる！　と会計係が大きな帳簿を振り回して叫びました。

――私が地獄に落ちるのをお望みですか？

このとき僧院長が立ち上がって、

――みなさん、と指輪の輝く白い美しい手を伸ばして言いました。すっかり具合よくおさめる方法があります……　ねえ、悪魔があなたを誘惑するのは晩方でしょう？

……

――ええ、院長様、きまって晩方……　だから、夜になると、失礼ですが、カピトゥの驢馬《ろば》が荷鞍《にぐら》を見た時のように、私は汗だくになるのです。

——よろしい！　安心なさい……　今後は毎晩、勤行《おつとめ》の時、私たちはあなたのために、免罪をうたった、聖アウグスティヌスのお祈りを唱えましょう……　そうすればどんなことがあってもあなたは安全です……　これは罪を犯している時に、その罪の赦免《ゆるし》を乞うのですから。

——そうですか！　それは有難うございます！

もう、それ以上は何も聞かずに、ゴーシェー神父は蒸溜器の方へと雲雀《ひばり》のような身軽さで帰りました。

実際その時から毎晩、勤行《おつとめ》の終りに僧院長は欠かさずこう言いました。

——我々信徒のためその魂を犠牲にする、気の毒なゴーシェー神父のために祈りましょう……　オレムス・ドミネ……

そして暗い本陣《ネフ》で礼拝する白い頭巾《ずきん》の上を、お祈りの言葉が、雪の上を渡る軽い北風のように、震えながら走って行きました。その頃、僧院の一隅、酒造所の灯を映す窓ガラスの向こうでは、ゴーシェー神父が声を限りに歌っているのが聞こえました。

「パリにおります、白衣僧《ペール・ブラン》、

パタテンパタタン、タラベンタラバン、
パリにおります、白衣僧《ペール・ブラン》、
若い尼御前《あまごぜ》踊らせる
トラン、トラン、トラン、お庭の中で、
若い尼御前……」

――――――――

……ここまで来ると、人の良い司祭はさも恐ろしいという風に話をやめて、
――神様お赦《ゆる》し下さい！　教区の人たちが、私の言ったことを聞いたら大変です！

カマルグ紀行

Ⅰ　出　発

別荘《シャトー》のにぎやかなざわめき。使いの者が番人の言伝《ことづて》をもたらしたのだ。半ばフランス語、半ばプロヴァンス語の口上では、既に「鷺《さぎ》」「千鳥《ちどり》」の素晴らしい群れが二、三度通り、「春の渡り鳥」の姿も見えたということである。

「ぜひ御同行を！」と親切な近隣の人々の手紙があって、今朝《けさ》未明五時、彼らの大型の四輪馬車《ブレク》は猟銃、猟犬、食糧を積んで丘の下まで私を迎えに来た。今や一行の馬車は、やや乾き霜枯れのアルル街道を行く。オリーヴの薄緑はほのかに、樫《かし》の木の濃緑はあまりにも冬めき不自然に見える師走《しわす》の朝である。牛小屋の中がうごめいている。夜明け前に起き出て、窓に灯《ひ》の入った農家もある。くっきり浮かぶモンマジュール僧院の廃墟《はいきょ》の中では、まだ眠りのさめきらぬ尾白鷲《おじろわし》が羽ばたきをする。堀に沿って走る。既に幾人《いくたり》か、驢馬《ろば》を小きざみに駆けさせて市場へ行く田舎《いなか》の老婆を追い越した。この老婆たちはヴィル゠デ゠ボーから来る。六里たっぷりの道をはるばる、サン゠トロフィーム寺院(48)の階段に一時間ほど坐《すわ》って、山で採った薬草の包みを売るために……

今やアルルの城壁である。鎗《やり》を手にした武者が彼らの丈《たけ》にも足らぬ斜面の上に現われている古い版画で見られるような、銃眼を刳《く》った低い城壁である。狭い道の中央までアラビヤ網戸のように張り出した彫《ほ》刻のある円形の露台《バルコン》や、ウィリアム短鼻帝とサラセンの時代を思わせるモール風でアーチ形の低い小さな戸口を持つ古い黒ずんだ家々の並ぶ、フランスでも最も美しい町の一つに数えられるこの珍しい小市街を、我々は速駆《ギャロップ》で走り過ぎた。早朝のため、戸外にはまだ人影もない。ローヌの河岸だけが活気づいている。カマルグ通いの汽船が、階段の下でいつでも出帆できるように蒸気をあげている。赤茶色の毛織の上衣《うわぎ》を着た地主たち、農家の仕事に雇われて行くラ・ロケットの娘たちが、語り合い笑い興じつつ、我々とともに甲板に上がる。朝の激しい寒気を避けて頭からかぶった茶色のマントに、アルル風の高い髪のつくりが、頭を粋《いき》に小さく見せ、それに事でもあれば面《おもて》をあげて、笑うか悪口を浴びせたいという無邪気な厚かましさがちょっとひらめいている……　鐘が鳴り、船が出る。ローヌの流れ、推進機《スクリュー》、ミストラルの三拍子そろった速力に、両岸が快く展開していく。片側はクロー、小石の多いやせ野原である。対岸はカマルグ、緑が豊かで、短い草と蘆《あし》の茂る沼地を、海まで広げている。

時々、船は左岸または右岸、中世のアルル王国の言い習わしに従えば帝国領《アンピール》または王国領《ロワイヨーム》の船橋《ポントン》に沿って停《と》まる。今でもなお、ローヌの古い船乗りは、こう呼んでいるのである。船橋ごとに白壁の農家と木立《こだち》がある。労働者たちは道具を担い、女は籠《かご》を抱《かか》えて小橋の上を胸をそらしながら下りる。帝国領へ、王国領へと次第に船は空《す》き、マス＝ド＝ジローの船橋に着いて、一行が下船した時は、船中にはほとんど人がいなかった。マス＝ド＝ジローとは、バルバンターヌの領主の、古い農家である。我々は迎えに来てくれるはずの番人を待つために、そこに入った。天井の高い台所では、百姓、葡萄《ぶどう》作り、羊飼など、農家の男たちがみな食卓について、重々しく、口も利かずに、静かに食べている。給仕は女たちがする。彼女たちは後で食べるのだ。やがて番人は幌馬車《ほろばしゃ》で現われた。いかにもフェニモア(49)の作品中に出て来そうな水陸選ばぬ猟人、密猟監守である。土地の人々は彼を「さまよう男《ル・ルデイルー》」と呼ぶ。蘆の間に隠れて待ち伏せたり、小さな船の中に身動きもせずにいたり、「沼《クレール》」や「運河《ルビーヌ》」にかけた簗《やな》の見張りに余念のない彼の姿がいつも朝夕の霧の中に見えるからだ。このように無口に、凝り固まったようになったのは、おそらく絶えず様子をうかがう、この職業のせいであろう。しかし銃や籠を載せた小さな馬車を走らせて行く間、幾回渡りがあったとか、どこに舞い下りたとかいう狩猟《かり》の消息を伝えてくれた。語り合いながら奥へ奥へと入り込んだ。

耕地を通り過ぎて、いよいよ荒涼たるカマルグの真ん中に来た。見渡す限り、牧場の間に、沼、運河が、厚岸草《サリコルヌ》の中に光る。御柳《タマリス》や蘆の茂みが、静かな海面に浮かぶ島のようである。高い木はない。広野の平らな、無限の眺めをさえぎるものはない。ただ所々、家畜の囲い場が、ほとんど地面とすれすれの低い屋根を広げている。散《ち》り散《ぢ》りになって塩気のある草の上に横たわり、または羊飼の茶色の合羽のまわりに密集して動く羊の群れも、この青い地平線と大きな空との限りない広がりに縮められて、長い一直線を乱していない。波があっても、一様に見える海、その海にも似て、この広野から孤独、無限の感じが立ちのぼる。ゆるみなく、妨げるものもなく吹きまくって、その力強い息吹《いぶき》に景色《ながめ》を平らにし、広げるかと見えるミストラルにいっそう強められて。この風の前にはすべてがたわむ。いかに小さな茂みといえども、この風に打たれた跡をとどめないものはない。どこまでも逃げ延びようとする格好で、南の方へ体をねじまげ、横になったままでである……

Ⅱ　小屋

蘆の屋根、黄色く乾いた蘆の壁、これが小屋《カバン》だ。猟の集合所はこう呼ばれる。小屋はカマルグ風の建て方で、天井の高い、広い、窓無しの一室から出来ている。日光はガラス張りの戸口から取る。これは夕方には板戸で閉ざされる。白灰で白く染めた荒塗りの大きな壁に、刀架が、銃、獲物袋、沼用の靴を待ち受けている。奥の方には真物《ほんもの》の帆柱のまわりに五つ六つ寝台《ベルソー》が並べてある。帆柱は地面に立てられて、屋根まで届き、屋根を支えている。夜、ミストラルが吹き、沖の波の音と、波を近づけその響きを運び絶えず募らせる風の音と一緒に、小屋全体がきしる時には、船室に寝ているのかと思われる。

しかし小屋が美しいのはことに午後である。私はうららかな南国の冬の日を、ただ一人、御柳《タマリス》の根がくすぶる大きな暖炉のそばで過ごすのが好きだ。ミストラルかトラモンターヌの荒れる中に、戸は踊り、蘆は叫ぶ。しかもこれらの動揺は、私を囲む自然の動きの、ごく小さな反響なのである。冬の太陽は強大な風の流れに鞭《むち》打たれ、散り砕け、その光をあわせ、また、まき散らす。大きな影が見事な青空の下を走る。光はとぎれとぎれに激しく訪れる。響きもまた同様である。羊の群れの小鈴が、とつぜん耳に入ったかと思うと、やがて聞こえなくなり、風の中に消えたかと思えば、揺れる戸口から再び折返句《ルフラン》のように美しく聞こえてくる……得も言われぬ時は黄昏《たそがれ》、猟に出た人々の帰る少し前である。その時は風も凪《な》いでいる。ちょっと外へ出る。大きな赤い太陽が熱もなく燃えて、静かに沈んで行く。夜がすっかり潤った黒い翼で、面《おもて》をかすめながら舞い下りる。彼方《かなた》の地平線には、周囲《あたり》の闇《やみ》に光を増す赤い星のように銃火の光がひらめく。暮れ残る薄明りに生あるものは急ぐ。長い三角形を作った鴨《かも》の群れが地上に下りるかのように低く飛んで来た。しかし急に小屋にランプが点《つ》いたので彼らは遠ざかった。縦隊の先頭にいた鳥が首を立てて舞い上がる。そうして後に従う者は、みな荒っぽい鳴き声を立てて、更に高く飛び上がった。

間もなく、雨でも降るようなおびただしい足音が近づく。何千という羊が、羊飼に呼び返され、犬に追い立てられて、びくびくしながら、秩序もなく、囲い場へ急ぐのである。犬の乱れた駆足と、あえぐ呼吸《いき》づかいが聞こえる。私はこの縮れている毛と、メーメーという声の渦巻く中に、すっかり巻き込まれてしまった。まるで大波のようだ。その中で羊飼は、踊る波に影ごと持ち上げられているように見える…… 羊の後に覚えのある足音、陽気な声。小屋は満ち、活気づき、騒がしくなった。葡萄の蔓《つる》が燃える。疲れている者ほどよく笑った。ぼんやり快い疲労に身をまかすのだ。銃は片隅に、大きな靴は乱雑に投げ出され、袋は開けられて、傍《わき》には茶色、金、緑、銀の翼が血に塗《まみ》れている。食卓の用意が整う。うまい鰻汁《うなぎじる》の湯気の中に沈黙が、たくましい食欲がもたらす深い沈黙が続く。それを破るものは、戸口の前で探り探り椀《わん》をなめる犬の恐ろしいうなり声ばかり……

夜話《よばなし》は早く切り上げられる。既に火のそばには、これも目をしばたたき始めた番人と私としかいない。二人は話をした。しかしそれは時々、百姓たちの交《まじ》える短い言葉を言い合ったり、燃え尽きた葡萄蔓の最後の火花のように短い、すぐ消えるインディアン風の間投詞を交わすことなのであった。やがて番人は立ち上がり提灯《ちょうちん》を点《とも》した。私は彼の重い足音が夜の闇に消えて行くのに耳を澄ました……

Ⅲ　待伏せ場《エスペール》にて

希望《エスペール》！　身を潜めた猟師の待伏せの所、さらに、すべての者が獲物《えもの》を待ち、望み《エスペール》、胸をとどろかす、明暗いずれともつかぬ薄明の時を指すには、何という美しい名であろう。朝の待伏せは日の出の少し前、夕べは黄昏の頃。私の好きなのは後の方、ことに沼の水がいつまでも明るさを漂わす水郷にあっては……

時には「ネゴシャン」の中に張り場を置く。竜骨《キーユ》のない小さな船で幅が狭く、ちょっとでも身動きするとすぐに横揺れをやる。蘆に隠れて猟師は船底から鴨を待つ。船縁《ふなべり》から出ているのはただ帽子の庇《ひさし》と、銃身と犬の頭のみである。風の香りを嗅《か》ぎ、蚊を咬《くわ》えとり、あるいは大きな足を伸べて船を一方に傾け、水を入れる犬だ。この待伏せは無経験の私には複雑すぎる。そこで大概は、皮一杯に裁ってこしらえた大きな長靴で、沼の真ん中を、泥を分けながら、徒歩で待伏せ場《エスペール》へ行くことにしていた。はまり込まないように、ゆっくり用心しながら進んで行く。潮の香りの強い、ひっきりなしに蛙《かえる》の飛び出す蘆を分けて……

ようやく御柳《タマリス》のある小島、乾いた地面の一隅に落ち着く。番人は歓待《もてなし》のつもりで自分の犬を私につけてくれた。白い厚毛に包まれたピレネー産の巨大な犬で、猟には水陸ともに第一流の逸物だが、そばにいられるといささか恐れざるを得ない。一羽の鷭《ばん》が手近な所を通ると、彼は芸術家のような長髪の頭を一振りして、目にまで垂れる軟らかな長い耳を後ろに払い、皮肉に私を眺める。それから構えの姿勢、尾を躍動させる。何か言いたくてたまらないという身振りである。

——射《う》って…… 射つんですよ!

射つ。当たらない。すると犬は長く寝そべって欠伸《あくび》をし、退屈そうに、がっかりと、人をばかにしたような様子で伸びをする。

そうさ、なるほど仰せの通り、私は下手な猟手《うちて》だ。待伏せ《ラッフュ》、それは私にとって暮れかかる夕べ、薄れて水中に没する光、暗くなった空の灰色を美しい銀色《しろがね》にみがきあげて輝く沼である。私の好きなのはあの水の香り、蘆の間に聞こえる不思議な虫の羽ずれ、震える細長い葉の低いささやき…… 時々ある物悲しい調べが、ほら貝の音のように鳴り渡る。それは魚をとる鳥にふさわしい大きなくちばしを水に突っ込んで、ルルウと鳴く五位鷺《ごいさぎ》である。

鶴《つる》の群れが頭の上を飛んで行く…… 羽のすれる音、さわやかな空気の中に柔毛《にこげ》の乱れる音、飛び過ぎて疲れた小さな骨のきしる響きまで聞こえる。その後はもう何の音もない。夜である。水面にわずかの光を残した深い夜。

たちまち身が震えるように感ずる。後ろに誰かいるような、むずむずした気持だ。振り返ればすなわち良夜の友――月、あのまんまるい大きな月であった。初めはあざやかな昇り方だが、水平線を遠ざかるにつれて歩みをゆるめていく。

すでに第一の光は私のそばにそれと見分けられた。やがて少し離れてもう一つ……今や沼一面に灯《ひ》は点《つ》いた。一番小さな叢《くさむら》も影を映す。待伏せの時は過ぎた。鳥に見つけられる。帰らなければならぬ。青く軽やかに梨地《なしじ》の肌のような光の海の中を進む。沼や運河の中に我々の一足一足《ひとあしひとあし》は、天より落ちた星の群れと、水底まで射《さ》し入る月影を散らすのである。

Ⅳ　赤と白(50)

我々の所からつい目の前、小屋から銃丸《たま》が届く所に、似たような、しかしもっとひなびたのが一軒ある。ここに番人が、妻と上の子供二人と一緒に住んでいるのだ。娘は皆の食事の面倒を見、釣網を繕《つくろ》う。息子は父を助けて簗《やな》を揚げ、沼の「水門《マルティリエール》」を見張る。年弱の二人はアルルの祖母のもとにいる。彼らは読み方を覚えるまで、また「第一聖体拝受《ボン・ジュール》」の済むまで、そこにいることになっている。何しろここでは、教会にも学校にもあまりに遠いし、それにカマルグの空気が、こういう幼児には適さないからである。実際、夏が来て沼は乾いてしまい、運河の白い泥が暑さのためにひびが入る時には、島は本当に住まわれないのである。

私はかつて一度、八月に鴨を射《う》ちに来て、これを目撃したことがある。この灼《や》けただれたような風景の、陰惨な荒々しい有様を、私は決して忘れないだろう。ところどころ沼は大きな醸造桶《じょうぞうおけ》のように、太陽を浴びて湯気を立てていた。底には生き残りのいもり、蜘蛛《くも》。水蠅《みずばえ》の群れが、湿った場所を求めてうごめいている。そこには黒死病《ペスト》のような悪気、重苦しく漂う毒気の熱があった。それをなお数知れぬ蚊の渦が濃厚にしていた。番人の家では家内じゅうが悪感に震え、熱に襲われていた。黄色い引きつれた顔、黒い輪の出来た大きな目をして、三カ月の間、熱のある体を容赦なく照りつける烈日の下に、身を引きずらねばならぬ、この不幸な人々を見るのは悲惨であった…… カマルグの狩猟監守の生活こそ悲しくつらいものだ！ まだこの男は妻と子供がそばにいるが、更に二里離れた沼地に住んでいる馬の番人は、一年じゅうたった一人で暮らし、ロビンソンそのままの生活を営んでいる。自分で建てた蘆の小屋の中にある道具は、柳で編んだハンモックをはじめ、炉を造る三個の黒い石、御柳《タマリス》の根で出来た腰掛け、この不思議な住居を閉める白木の錠前や鍵《かぎ》に至るまで、一つとして彼の手細工ならぬものはない。

主人公は少なくともその住宅と同じくらい風変わりである。彼は隠士の如《ごと》く沈黙を守る一種の哲学者で、もじゃもじゃした濃い眉毛《まゆげ》の下に田舎者《いなかもの》らしい疑い深さを隠している。彼の姿が牧場に見えない時にはきっと戸口に坐って、子供のように殊勝な勤勉さで、馬に用いる薬びんの包んである、薔薇色《ばらいろ》、青、黄色の効能書の一つを、たどたどしく読んでいる。気の毒なこの男は読むより他の楽しみがないし、また別の読み物は持っていないのである。小屋からいえば隣り同士でありながら、彼とここの番人とは往来《ゆきき》をしない。出会うことすら避けている。ある日、私がここの番人《ルーディルー》に仲違《なかたが》いの理由を尋ねると、重々しい調子で答えた。

——意見が違うからでさあ…… あいつは赤でわしは白だから。

このように、寂しくて近づきになりそうなこの荒野においてさえ、同じく無知な、同じく単純な二人の野人、一年にようやく一回町に出て、金ピカや鏡で飾られた貧弱なアルルのカフェーに入り、まるでプトレマイオス(51)の王宮を見たように目を回すテオクリトス(52)の牛飼の如き二人は、その政治的信念の名において反目の種《たね》を見出したのである。

V　ヴァカレス湖

カマルグで一番景色のよいのはヴァカレスである。私はよく狩りをやめて、この海水の入り込む湖畔に来て坐った。陸の中に閉じ込められた、大洋の一片と見える小さな海で、陸の虜《とりこ》という有様が親しみやすいものになっている。カマルグの岸辺は、たいがい、乾燥、不毛でさびれているが、ヴァカレス湖は、やや高く柔らかい天鵞絨《びろうど》の草で真緑《まみどり》のその岸の上に珍しく美しい花畑を延べ広げている。矢車菊、水つめ草、竜胆《りんどう》、そしてあの、冬は青く夏は赤く、気候の移り行くにつれて色を変え、絶えず花を咲かせてその様々な色彩で季節を示す可憐《かれん》なサラデルの花。

夕方五時頃、日の傾く時刻になると、三里にわたる水上には、この湖のひろびろとした趣をせばめたり変えたりする舟一つなく帆影もなく、実に見事な眺めである。それは、少しでも地にゆるみがあればすぐに涌《わ》き出ようとする水のにじみが至る所に感じられる石灰質の地面の起伏の、そのところどころに見られる、沼や流れのささやかな美しさではない。ここの印象は雄大である。

遠くからこの波の輝きに引き寄せられて来た鴨、鷺、五位鷺、薔薇色で腹の白い紅鶴《べにづる》などの群れが、一続きの帯に様々の色を並べたように岸に沿って列をつくりながら魚を漁《あさ》る。それから朱鷺《とき》、本当のエジプトの朱鷺《イビス》が、明るい太陽の光を浴びて、この静かな水郷をふるさとのように楽しんでいる。私のいる場所から聞こえるのはただ、打ち寄せるさざ波の音と岸辺に散った馬を呼び返す番人の声ばかり。馬はみな響きのいい名前を持っている。「シフェール！……（リュシフェール）……レステロ！……レストゥルネロ！……」名前を聞くとそれぞれ鬣《たてがみ》をなびかせて駆け戻り、番人の手からからす麦を食べる……

同じ岸辺の更に遠くには、馬のように自由に草を食べている牛の「大群《マナド》」がある。時どき御柳《タマリス》の茂み越しに彼らの曲がった背中と、三日月形の小さな角《つの》が見える。これらカマルグの牛の大部分は牛祭り《フェラード》という村の祭りで駆け回るために育てられる。すでにあるものはプロヴァンスやラングドックの見世物小屋で盛名をはせている。近くの大群《マナド》にも、「ローマ人《ル・ロマン》」と呼ばれる恐ろしい猛者《つわもの》がいる。アルルやニームやタラスコンの競技場で、どのくらい人や馬を引き裂いたかわからない。それで仲間の牛も彼を頭《かしら》と仰いだ。というのはこの変わった群れでは、先達といただく年とった牡牛《おうし》を中心にして、自治の生活を行っているからである。ひとたび台風がカマルグの地、何物もこの台風をそらし、これを止めるもののないこの大平原に、猛烈な勢いとなって襲って来る時、牛の群れが頭《かしら》の後にかたまって頭《あたま》を低く伏せ、力の集中しているその大きな額を風の方向に向けるのは見ものである。わがプロヴァンスの牛飼たちはこの動作を、ヴィラ・ラ・バノ・オ・ジスクル——角《つの》を風に向ける——と唱えている。これをしない牛の群れこそ哀れである！　雨に目がくらみ、台風にもてあそばれて潰乱《かいらん》した大群《マナド》は、ぐるぐる回り、驚いて四散し、こうして迷える牛は、嵐を逃れんとしてまっしぐらに走り、あるいはローヌ河に、あるいはヴァカレス湖に、あるいは海に飛び込んでしまうのである。

兵舎なつかし

今朝《けさ》、夜の白々《しらじら》と明《あ》け初《そ》むる頃、すさまじい太鼓の音にハッとばかり夢を破られた……ラン、プラン、プラン！　ラン、プラン、プラン！……

こんな時刻に松林の中で太鼓が鳴る！……　こいつは妙だ。

大急ぎで寝床から飛び下り、走って行って戸を開ける。

誰もいない！　音もやんだ……　露にぬれた野葡萄《のぶどう》の中から、二、三羽の大杓鷸《たいしゃくしぎ》が羽ばたきをしながら飛んで行く……　かすかに林を渡る微風《そよかぜ》の歌……　東の方では、アルピーユの山々の美しい頂上《いただき》に、金色の靄《もや》が重なって、そこから静かに太陽が昇って行く……　最初の光が、もう風車の屋根をかすめた。同時に姿の見えぬ鼓手が、木陰で敬礼の太鼓を鳴らし出す……　ラン……プラン……プラン、プラン、プラン！

うるさい太鼓だ、忘れていた。だが、いったい森の奥へ太鼓をさげて来て、あけぼのを迎える野人は何者だ……　眺めたけれど、何一つ見えぬ……　ラヴェンダーの茂みと、麓《ふもと》の往来まで駆け下る松林ばかり……　たぶん向こうの木立《こだち》の中に誰か悪戯者《いたずらもの》が隠れていて、私をからかっているのだろう……　きっとエアリエル(53)の奴だ、でなけりゃパックの大将(54)だ。先生、風車の前を通ってこう考えたんだろう。

——あすこのパリの旦那《だんな》はちっと静かすぎるから朝楽《オバード》をやってやれ、って。

そこで大きな太鼓を持ち出して……　ラン、プラン、プラン！……　ラン、プラン、プラン！……　お静かに、意地悪のパックさん！　蝉《せみ》が目を覚ましますよ。

パックではなかった。通称をピストルという、グーゲ・フランソワであった。歩兵第三十一連隊の鼓手で、今は一期末の休暇中だ。この土地にあきたピストル鼓手は旅愁《ノスタルジー》を感じて、——村の楽器を貸してもらうと——プランス＝ウジェーヌ街の兵営を夢見ながら、もの思わしげに、林の中へ太鼓を叩《たた》きに出かけて行く。

今日は私のいる緑の丘へ来て思い出にふけっている……　そこで、松の木によりかかって、太鼓を両脚の間に置いて思いのままに喜んでいる……　驚いた鷓鴣《しゃこ》が足元から飛び立つが気がつかない。身辺《あたり》に薫《かお》るフェリグールの香りも彼には達しない。

枝の間に陽《ひ》に輝いてふるえる繊細な蜘蛛《くも》の帳《とばり》にも、また、太鼓の上で踊る松の葉にも目をくれない。ただ身も心も夢を追い、楽の調べに溶け入って、撥《ばち》の踊るのをうっとりと眺めるばかり。太鼓の鳴るごとに人の良い大きな顔が喜びにほころびる。

ラン、プラン、プラン！　ラン、プラン、プラン！……

「何て立派なんだ、大きな兵営は。広い敷石を貼った前庭、ずらりと並んだ窓。略帽をかぶった兵士たち、食器の音で一杯の低いアーケード！……」

ラン、プラン、プラン！　ラン、プラン、プラン！……

「ああ、よく響く階段、石灰塗りの廊下、ぷんと匂う兵卒部屋、みがいた帯皮、パン板、靴墨入りの壺《つぼ》、灰色の蒲団《ふとん》の載った鉄製の寝台、銃架に輝く鉄砲！」

ラン、プラン、プラン！　ラン、プラン、プラン！

「ああ、衛兵勤務の楽しい生活、指で汚れたトランプ、ペンで悪戯書《いたずらが》きをした醜《みにく》いスペードの女王、衛兵床《えいへいどこ》に転がった読み古しのページの抜けたピゴー＝ルブラン(55)の小説！

……」

ラン、プラン、プラン！　ラン、プラン、プラン！

「ああ、官省の門前で歩哨《ほしょう》に立つ夜の長さ、古い哨舎には雨が入り、足が冷たい！……盛装をこらした馬車が、通りがかりに泥を跳《は》ねかす……ああ、追加の雑役、営倉の数日、臭い桶《おけ》、板の枕、雨の朝《あした》の寒々した起床ラッパ、ガスが点《とも》る頃、霧の中に響く帰営ラッパ、息をはずませて駆けつける夕べの点呼！」

ラン、プラン、プラン！　ラン、プラン、プラン！

「ああ、ヴァンセンヌの森、白木綿の大手袋、お堀の土手の散歩……ああ、士官学校のあたり、兵士相手の女たち、軍神軒のピーピーラッパ、寄席《よせ》で引っかけるアプサント、しゃっくりから始まってしゃっくりで終わる打明け話、抜き放つ短剣、片手を胸に当てて歌われる感傷《センチメンタル》的な恋愛詩！……」

夢を見るがいい、夢を。可哀《かわい》そうに！　私は邪魔はしない……思いきり太鼓の胴を叩くがいい、腕を振り回して叩くがいい。私には君を笑う資格はないんだ。

君に兵舎が懐かしいなら、私にも私の旅愁《ノスタルジー》がありはしないだろうか？

私のパリも君のパリのようにここまで私を追いかける。君は松の木の下で太鼓を叩く！　私はここで書き物をする……　けれど私たちは善良なプロヴァンス人なのだ！　あのパリの兵舎では青いアルピーユの山々やラヴェンダーの野生の香りを懐かしく思っていた。それが今このプロヴァンスの真ん中にいると、兵舎がない、そして兵舎を思わせるものは懐かしいのだ！……

村で八時の鐘が鳴る。ピストルは撥を手から離さず、帰途についた……　林の中を叩き続けながら下りて行くのが聞こえる……　私は草の中に寝転んで旅愁《ノスタルジー》にかかり、遠ざかって行く太鼓の音を聞いていると、パリ全体が松林の間に展開するような気がする……

ああ、パリ！……　パリ！……　やっぱりパリだ！

訳　注

（1）フランスの東南部、地中海に面した地方。
（2）ベルギーの町、一七九二年、フランス軍がここでオーストリア軍を破る。付近の風車で作戦計画がなされた。
（3）ドーデーの風車から北方、二、三里の所を東西に走る小山脈。
（4）アルルの近くにある町の名、ローヌ河を隔ててタラスコンに対している。
（5）ローヌ河口の大きな三角州、沼地が多い。牛、馬、羊等が放牧されている。
（6）プロヴァンス地方、特にローヌ河の流域を猛烈に吹きまくる北風。
（7）プロヴァンス地方特有の踊り。手をつないで円陣を作り、笛、太鼓に合わせて踊る。
（8）フランス南部を吹く北風。
（9）パリ、モンマルトル街の当時有名な料理店。
（10）ユゴー（一八〇二―一八八五）の小説『ノートル＝ダム・ド・パリ』に現われる美人。常に金の角《つの》を持った山羊《やぎ》を伴っている。
（11）プロヴァンス地方の古都、往時繁栄した。
（12）南フランスの古都、かつて法王宮があった。

(13) フランスの詩人ベランジェ(一七八〇―一八五七)の作「イヴトー王」の主人公。野心なく善良、円満、無邪気な王様である。
(14) イヴトー王の愛人。
(15) 砂糖と香料を混ぜ、温かくした葡萄酒をフランス風葡萄酒という。
(16) マルセイユ料理、魚と野菜とパン入りのスープ。
(17) プロヴァンス料理の一種、鱈《たら》と野菜の茹《ゆ》でたのにニラの入ったマヨネーズソースをかける。
(18) プルタルコス(四六頃―一二〇頃)の『英雄伝(対比列伝)』のこと。
(19) 前四世紀のギリシャの政治家。
(20) 鶏が鳴く前に三度キリストを知らないとペテロが嘘を言った新約聖書の故事による。
(21) ローヌ河口の小石の多いやせ野原。
(22) フランスの劇作家(一七一九―一七九七)。
(23) ドイツの詩人(一七九七―一八五六)。
(24) ローマの詩人(前六五―前八)。
(25) 一フランの二十分の一。
(26) フランスの東北の一地方、山地。
(27) フランスの作家。エルクマンは一八二二―一八九九。シャトリアンは一八二六―一八九〇。常に連名で執筆した。
(28) 当時の文部大臣(一八一四―一八九四)。

(29) フランスの作家(一八一七―一八六六)。
(30) プロヴァンス州の生んだ大詩人(一八三〇―一九一四)。
(31) フランスの作家(一五三三―一五九二)。『エセー』の作者として有名。
(32) 『ミレイユ』の女主人公。一八五九年作。『ミレイユ』はミストラル作の長篇叙事詩で、プロヴァンスの風物をうたっている。数年後パリで歌劇として上演された。
(33) ミロのヴィーナスのこと。
(34) ヘラクレス(ギリシャ神話中の英雄)のした十二の力技。
(35) アルジェリアの町。
(36) 南仏の大都、ドーデーの生地。
(37) フランスの作家(一七九四―一八七一)。
(38) フランスの作家(一五三〇―一五六三)。モンテーニュの親友。
(39) キリストの十二使徒の一人、イスカリオテとも言う。ここでは裏切者の意。
(40) モリエール(一六二二―一六七三)の『守銭奴』に出てくる。料理番と厩番《うまやばん》とを兼ねる。アルパゴンに仕える。
(41) フランスの宗教史家、哲学者(一八二三―一八九二)。
(42) アラビヤ料理の一種、肉だんごのようなもの。
(43) 地中海沿岸を吹く南東熱風。
(44) 十七世紀頃パリにあった乞食《こじき》の巣窟《そうくつ》。

(45) 美食家(一八一三—一八七六)。毎日、名料理を発表して知られた。
(46) オランダの人文学者(一四六六頃—一五三六)。
(47) フランスの作家(一六〇五—一六七七)。
(48) アルルの町にある有名な寺院。
(49) アメリカの作家フェニモア・クーパー(一七八九—一八五一)。
(50) 赤は共和党、白は王党。
(51) エジプト王家の名。
(52) 前三世紀のギリシャの詩人テオクリトスの作品中に現われる牛飼。
(53) 大気の精。シェイクスピアの『テンペスト(あらし)』に出てくる。
(54) 悪戯《いたずら》な精。シェイクスピアの『夏の夜の夢』に出てくる。
(55) フランスの作家(一七五三—一八三五)。

訳者あとがき

ドーデー（Alphonse Daudet）は一八四〇年、南仏の古都ニームで生まれ、一八九七年、パリで死んだ。

彼はモーパッサン、ゾラなどとともに自然主義作家の一人に数えられるが、生来の詩人であって、深い観察力、するどい感受性を備え、現実をあるがままに眺めながら、そこにロマンチックな趣を添えている。

小説には、三部作『タルタラン』や、『サフォー』『ジャック』『川船物語』『プチ・ショーズ』など幾多の名作があり、短篇集では『月曜物語』、戯曲では『アルルの女』が知られているが、彼の出世作であり、また彼の名を不朽にしたものは、実にこの『風車小屋だより』（*Lettres de mon Moulin*）であろう。わが国にも早くから紹介されている。

表題になっている風車というのはフランスの南部、プロヴァンス州の、アルルの町から八キロばかりの丘の上にある。その近くに知人の住居があって、パリに住むドーデーは時々ここに来て、南仏特有の美しい風物に接したのである。

ドーデーは一八五八年、詩集『恋する女たち』を出版して、その将来を注目されたが、続いてモルニー公の秘書となり、その後、胸をわずらってアルジェリアに転地した。『風車小屋だより』の中のアルジェリアの話は、この旅行の思い出である。その他、この作品の生い立ちについては、『パリの三十年』の中に記されている。なお、この諸短篇は一八六六年頃に書き始められ、最初一部が l'Evènement 紙に発表され、続いて le Figaro 紙に連載され、一八六九年これらを合わせて、『風車小屋だより』の題の下《もと》に一巻の本となって発行されたのである。この中の小品「アルルの女」は、後《のち》に三幕の戯曲となって、ビゼーが音楽を付けた。

訳者は先年フランスに遊び、初夏の一日、この風車小屋を訪れた。すでに翼を失い、屋根も落ちていたが、南仏の澄んだ日光はドーデーの居た頃と同じように静かに丘をやきつけていた。ドーデーの豊かな詩想は、ここで心憎いまでに働いたのである。

この名篇を訳出するに当たって、その陰影と魅力とを充分に現わし得なかったことを遺憾に思う。

昭和十五年に一度改訳を試みたが、ここにまた、当用漢字、新かなづかいによって、二度目の改訳を世に送る次第である。

昭和三十三年九月

桜田佐

解　説

有田英也

人と作品

十九世紀フランスの作家アルフォンス・ドーデーは、一八四〇年に南仏ニームで生まれ、一八九七年にパリで没した。今日も親しまれているドーデー作品には、「スガンさんの山羊《やぎ》」「アルルの女」などの短篇、おおらかな南仏人を描いた小説『タルタラン・ド・タラスコン』がある。いずれも南フランスを中心にコルシカ島、アルジェリアなど、総じて南の風と、太陽と、住民の独特な気質を描いた。短篇集『風車小屋だより』(一八六九年)は作者の二十代最後の年に、十九世紀を代表する出版人エッツェルにより刊行された。

ドーデーの作家修業は自伝小説『プチ・ショーズ(ちび)』(一八六八年)にアイロニーを込めて語られたほど悲惨ではないにしても、決して楽ではなかった。

父の事業の破綻《はたん》で大学進学を断念し、故郷ニーム近傍のアレスの町で補助教員を半年ほど務めたドーデーは、兄を頼ってパリに赴いた。ほどなく詩集『恋する女たち』を出版。立法院議長モルニー公爵の秘書に採用された。このような幸運と庇護がなければ、ドーデーはパリに魅せられた文学青年の一人として、隆盛を極めたジャーナリズムの世界で使い潰されていたかもしれない。少なくとも『風車小屋だより』の「ビクシウの紙入れ」の眼を病んだ風刺漫画家から、「フランスには、よだれを垂らしてこんな商売をうらやんでる青二才が四万人もいる」と悪態をつかれていたろう。

ドーデーは十九世紀の多くのフランス作家と同様、長篇小説と演劇の成功にこだわりつづけた。フランスがプロイセンとの戦争(一八七〇—七一年)に敗れ、パリ市民が包囲戦とパリ・コミューンの内乱で深い傷を負うと、ドーデーは作風を顕著に変えた。一時は日本の国語教科書に採られて敗戦下の愛国心の範とされた「最後の授業」は、激動期の庶民の健気な姿を語る短篇集『月曜物語』(一八七三年)に収められている。前年、ドーデーは「アルルの女」をボードヴィル座でビゼーの音楽を付けて上演したが、南仏の風物に飽きていた観客は、感情のこもった場面で笑い声さえ上げた。興行的にも大失敗。そこで一念発起してパリの壁紙製造卸業者を主人公に小説『フロモン・リスレール商会』

（一八七四年）を書いたところ大好評を博した。その後は、巻末の「ドーデー略年譜」を参照していただきたいが、ディケンズばりに不遇な少年を描いた『ジャック』（一八七六年）、政財界の大立者のモデル小説『ナバブ』（一八七七年）で地歩を固めた。エミール・ゾラが「第二帝政下における一家族の自然的、社会的歴史」を副題とする『ルーゴン・マッカール叢書《そうしょ》』を発表し始め、第七巻『居酒屋』（一八七七年）が高く評価されて、自然主義文学を宣した頃である。

ドーデーの文学的栄光の絶頂は、親子二代で秘書を務めたアンドレ・エプネルによれば、「パリ風俗」と副題された『サフォー』（一八八四年）にある。自身の乱脈なボヘミアン時代を、距離を保って描き切った。昭和二十五年の岩波文庫の解説で、訳者の朝倉季雄は「若い人々のために書かれた、一種の修身の書」と述べている。

これら一連のリアリズム小説には、パリ風俗の再現にとどまらない社会意識が感じられる。たしかに保守的な説教臭さもある。だが、そこには登場人物たちの運命に同情しつつも、控え目に筆を擱《お》く語り手がいて、これは『風車小屋だより』以来ずっと変わらない。

ジャーナリズムの真っ只中で書かねばならない作家

『風車小屋だより』は「序」を除く二十四篇を収める。そのうち十六篇は風車小屋のある南仏プロヴァンス地方を語る。ドーデーは一八六三年の暮れ以来、毎年のように南仏で冬を過ごした。アルジェリアの旅は「ミリアナで」「バッタ」に、コルシカ島の旅は、「サンギネールの灯台」「セミヤント号の最後」「税関吏」、そして湾を望む庭園を思い出す「蜜柑《みかん》」に生かされている。パリの作家生活、あるいは人生一般に暗い思いを巡らせる短篇もある。『風車小屋だより』には、地方出身の若いパリ文化人の旅路が注ぎこまれている。

より具体的な執筆のきっかけとなったのは、編集者ヴィルメッサンが『フィガロ』の日刊化に備えて知的読者を繋《つな》ぎとめようとして、『エヴェヌマン』にドーデーを起用したことにある。ドーデーは編集長宛の最初の手紙(一八六六年八月十八日号掲載)をこう書き出している。

「ええ、ムッシュー、風車小屋だよりなんです……でも、書いているのは粉挽《こなひ》きではありません。それなら小麦粉で真っ白でしょうし、インクで真っ黒になるより良さそうです。粉挽きじゃありません。私はただのジャーナリストで、風車小屋の主《あるじ》です」

冒頭の「序」と「居を構える」を読んでからこれを読めば、あまりの違いに驚くだろう。短篇集に採られなかった第一信では、南仏で売りに出されていた古い風車小屋を買って住むまでは同じだが、職業はジャーナリストで詩人ではない。ただ、「多少は文学的な仕事をしていた」。風車を買う前に、コルシカ島とサルデーニャ島の近辺で灯台守になろうかとも思ったと告白し、何よりパリを離れた理由を縷々《るる》述べている。『エヴェヌマン』の「私」は、文筆生活の「疲れ」と「嫌悪感」による「子供じみた怒り」のせいで、愛人たちに会っても、オペラを観ても心は晴れず、寝床でも批評家の首がのしかかって重い。それで転地療養を勧められたのである。風車小屋暮らしも四カ月が過ぎたある日、久しぶりに村まで降りたら、とある酒場で『エヴェヌマン』の置き忘れを見つけて、思わず紙面を読んだところ「感動で両手が震えた」。そこで紙とペンとインクを買い込み、暮れかかる空の下《もと》、風車の扉を大きく開いて遠い農家の屋根でメランコリックに鳴く孔雀《くじゃく》を眺めながら、長い手紙を書いています、と連載第一回を結んだ。筆名はバルザックの小説『二人の若妻の手記』の登場人物マリー＝ガストンを借りた。一般読者の好みを強く意識した文章である。

ジャーナリストとは「新聞(journal)」に書く職業作家を意味する。ドーデーは短篇にせよ長篇にせよ、まず日刊紙なり、『イリュストラシオン』のような挿絵新聞なりに発表してから単行本にする習慣を生涯変えなかった。小説の多くは協力者を得て戯曲化し、上演している。だが、『エヴェヌマン』の「私」と『風車小屋だより』の「私」に、貴族の庇護者はなく、パリ文壇に愛憎こもごもの感情を抱いている。この複雑な感情は、単行本でも「黄金《きん》の脳みそを持った男の話」に読み取れるだろう。

『風車小屋だより』の成立

『エヴェヌマン』初出の連載十二篇のうち、第一信は大幅に書き換えられた。第二信はコルシカ島の思い出だが、冒頭の数行だけが「サンギネールの灯台」に使われた。次いで「アルルの女」「兵舎なつかし」「スガンさんの山羊」「詩人ミストラル」が掲載された。第七信の「黄金の脳みそを持った男の話」は『モンド・イリュストレ』一八六〇年七月七日号の掲載分を少し手直ししている。続く二通は「セミヤント号の最後」と「散文の幻想詩《バラッド》」に対応する。第十信の「コルニーユ親方の秘密」は、初出の『モニトゥール・ユニヴェルセル・デュ・ソワール』一八六五年十二月五日号の結末を書き換えてある。次は、ルーマニーユのプロヴァンス語の物語を翻訳した「キュキュニャンの司祭」。

最後の第十二信は、「ノアン劇場支配人」ジョルジュ・サンド宛の動物対話劇である。十九世紀を代表する女性作家サンドは当時、田舎《いなか》にこもって「ノアンの貴婦人」と呼ばれたが、もちろん劇場支配人ではない。これは『プチ・ショーズ』に主人公の作品として挿入された。こうして第二信と第十二信を除く十篇が『風車小屋だより』に再録された。

架空の書簡は『エヴェヌマン』が間もなく休刊して中断し、二年後の一八六八年十月から『フィガロ』で再開した。「居を構える」「ボーケールの乗合馬車」「老人」「法王の騾馬《らば》」「ビクシウの紙入れ」が発表された。

次いで同紙に「サンギネールの灯台」「二軒の宿屋」「ゴーシェー神父の保命酒」が載る(一八六九年八―十月)。以上の十八篇に風車の売買契約書を「序」とし、さらに『ルヴュ・ヌーヴェル』一八六四年二月一日号に発表されたアルジェリア旅行記「小さな町」を改作した「ミリアナで」を加えて、ついに『風車小屋だより』が初版二千部で出版された。

売れ行きは芳しくなかった。だが、『フロモン・リスレール商会』でアカデミー・フランセーズから賞をもらい、「毎日五百部も売れる」ヒット作になると、在庫も動き出した。そこでドーデーは、短篇集『ロベール・エルモン』(一八七四年)から、同書の中心的主題である普仏戦争とは毛色の違う「星」「税関吏」「蜜柑」「バッタ」「カマルグ紀行」と、『月曜物語』から「三つの読唱ミサ」を抜いて『風車小屋だより』改訂新版を編み、今度はルメールより一八七九年に出版した。これが桜田佐訳の底本である。

作者自身が『風車小屋だより』を解説した文章がある。ドーデーは全集がダンチュ・シャルパンティエから刊行された一八八四年、「『風車小屋だより』の物語」を作者自著序文の趣で第五巻に付し、『パリの三十年』(一八八七年)にも収めた。作品を読み解く文脈として、フォンヴィエイユの名門アンブロワ家で過ごした日々と、プロヴァンス語文学復興運動フェリブリージュとの出会いが語られている。だが、ドーデーは短篇集の初期作品を友人ポール・アレーヌと共作したと明かして物議を醸《かも》した。オクターヴ・ミルボーは『風車小屋だより』の真の作者はアレーヌだとまで書いたが、これにはアレーヌ自身が反論して、最終稿を作るのはドーデーだったと述べている。

『風車小屋だより』にはパリ公衆の思い描く「南」の風土が、イポリット・テーヌの唱えた文学の三要素「種族・環境・契機」をお手本にしたかのように、典型的人物と風景描写と事件によって活写される。

「コルニーユ親方の秘密」では、風車小屋の粉挽きが、蒸気駆動の製粉工場に押されて仕事も自尊心も失う。ドーデーはこれを資本と伝統の対立構図には落としこまない。「ローヌ河の伝馬船《てんません》や最高裁判所《パルルマン》、大きな花のついた上衣《ジャケット》などの時代が過ぎた」としても、この短篇には近世と近代の間に、歴史とは別の時間が流れるひと世代がある。

「星」は、「プロヴァンスのある羊飼」が「主家《うち》のお嬢さん」と眺めた一度だけの星空の物語である。「リュブロンの山の上で羊の番をしていた頃」と冒頭にある。語り手が羊飼だった時代は終わっている。羊飼が娘に語る奇妙な星座の解説は、アヴィニョンで発行されたプロヴァンス語年報をかなり自由に訳したものである。それなら近世と近代の間に、地方語の世界があるのだろう。『風車小屋だより』を贈呈された詩人ミストラルは、「プロヴァンス語でフランス語を書くという難題を、魔法でも使ってやりおおせたんだな」と返信したという。

異国情緒も読者の時間感覚を狂わせる。「今度は諸君を風車から二、三百里離れた、アルジェリアの美しい町へ連れて行って一日を送らせよう」という一文で「ミリアナで」は始まる。ここまで読み進んだ読者には南仏プロヴァンスがそれほど異郷でなくなったはず。だから、「太鼓や蟬《せみ》とは少々趣が違うだろう」と予告する。

旅人はホテルの窓越しに、折からの雨で埃《ほこり》の中にできた大きな星形の水たまりを眺めている。桜田佐が「もの悲しい星」と訳す「メランコリックな星(étoile mélancolique)」が、気分の投影である。浮かない彼は、勝ち誇るフランス人が「古い回教の廃堂」に時計の文字板を取り付け、教会に夕拝式の鐘を鳴らせと号令するのを「気の毒」に感じている。しかし、アラブ系住民とユダヤ系住民の土地をめぐる諍《いさか》いに接すると、おもむろに観察者の眼力が起動する。

一方の当事者はベニ＝ズグズグ族の「官吏(caïd)」。これはフランス植民地時代のアルジェリアで徴税や警察を担当したイスラム教徒地方官である。他方のユダヤ人は、アラブ人ばかりの法廷で裁かれたくないので、アラブ人の顔役ではなく「治安裁判所判事」の裁定を、訛《なまり》のきついフランス語で求める。少数派のユダヤ人は、為政者のフランス人と直接つながりたいのである。顔役は、この願いを笑って受け入れる。だが、ベニ＝ズグズグ族の「官吏」が連れてきた証人のスペイン人、つまりヨーロッパ系住民は顔をつぶされたからたまらない。往来でユダヤ人に追いついて殴打する。起き上がったユダヤ人の周囲で「マルタ人、マホン人、黒人、アラビヤ人」が、虐待の光景を喜んで眺めている。

語り手は、「ユダヤ人町の方へぶらぶら行ってみたくなった」。だが、言葉が分からずサイレント映画のような描写が続くうちに「松脂《まつやに》や古皮の臭《にお》いがする醜《みにく》い小人」が近づいてくる。「莫大《ばくだい》な賠償金」をせしめるために代弁人を探すのであった。

ステレオタイプの現地人描写ではある。他の短篇のような感情移入もない。だが、読みどころは、フランス支配下で現地人社会に生じた凄《すさ》まじい文化破壊と民族対立にある。『風車小屋だより』初版と改訂新版の間に、法務大臣の名を冠するクレミュー法が施行され、アルジェリアは民政移管をして内務省管轄の三県になった。三万三千人のユダヤ人は市民権を獲得し、裁判で証人になれるなど社会的上昇の可能性が開けた。だからこそ彼らはますます憎まれることになる。

感覚の詩人

ドーデーの構成力と様々な語り口は、ジャーナリズムで書き続けて家族を養った作家が会得した技法だが、彼には天性の鋭敏な感覚がある。没後刊の創作メモ集『人生ノート』(一八九九年)に、ニームの街路や鐘の音や店から放たれる匂いをすべて覚えている、と書かれているが、次の一節が目を引く。

「僕はなんて素晴らしい感覚機械(machine à sentir)であったことか。とりわけ子供時代に」

ジュール・ルナールの『博物誌』にも自身を「イメージの狩人《かりうど》」と評した一節がある。だが、感じやすさは脆《もろ》さでもあった。こんな記述が続いている。

「何冊も本が書けるほどの印象と感覚が、どれも夢の強度だなんて、さしずめ僕は孔《あな》だらけで浸透しやすい運命だったのだろう」

パリに来た直後、ドーデーは多くの芸術家を虜《とりこ》にしてきたマリー・リューとの同棲時代に梅毒に感染し、少なくとも晩年の十三年間は髄膜神経根脊髄炎の痛みをモルヒネで和らげていた。南仏ラングドックのラマルーの鉱泉地で最初は家族と、その後は長男で医学生のレオンを伴って療養した。両足の自由が次第に奪われて松葉杖をつき、やがて友人の葬儀で記帳できないほど手も不自由になった。その闘病記と他の被治療者の観察記録が、三十年以上も未亡人が出版を許さなかった『痛み《ドゥールー》』(一九三一年)である。

自分自身を多孔質で浸透可能と書く時、ドーデーは多感であるがゆえに脆弱《ぜいじゃく》な自己と外界の皮膜を思っていたろう。情念が人を縛るように、苦痛は身体と心の境界を暴力的に踏み越える。そして、シャルコー医師の診断を聞いたドーデーは、膜の隙間《すきま》から侵入した外界の病原体におののき、「一生こいつと付き合うんだ」と書いたのである。

自己を壊れ物と認識してなお書き続けるところに、アルフォンス・ドーデーの凄《すご》みと個性がある。無力な人々に注がれる優しく哀しい眼差《まなざ》しは、アイロニーを帯びない時は、この共感力に根づいている。

二つのコルシカ島物語では、通夜や埋葬など喪の儀礼を欠いたまま死体と過ごさねばならなかった辛い時間が想起される。これを奇談として楽しむ読者が、ふと手の震えを感じるほど話に釣りこまれるとしたら、それは自分の経験のうちに響き合うものを見つけて、悲愴《ひそうかん》感の高まりを追体験するからだろう。

「ボーケールの乗合馬車」「二軒の宿屋」「アルルの女」の暗い情念に触れた読者は、プロヴァンス人気質を鮮明に思い描くだろう。その限りで情念は異国の情景にとどまるかもしれない。だが、「アルルの女」最終段落で、「胸も露《あら》わに」息子を抱く母親の気持ちは、言葉で言い表わしがたいからこそ、それを理解しようと踏み込む読者は自身の経験を探ることになる。

そして『風車小屋だより』の掉尾《とうび》を飾る「兵舎なつかし」は、第一話「居を構える」と共感力によって照応する。風車小屋の先住者は動物たちで、詩人は闖入者《ちんにゅうしゃ》だった。最終話で明け方に太鼓を叩いて風車小屋に来訪するのは、兵隊時代の記憶に縛られた、変わり者のピストルことグーゲ・フランソワである。語り手は第一話の締めくくりで、まるでおとぎ話のように犬の話を聴き、最終話では来訪者に「夢を見るがいい」と内心で優しく語りかける。

交感しがたい相手に、ドーデーの語り手は共感する。動植物の擬人化は、「スガンさんの山羊」や「散文の幻想詩《バラッド》」のⅡ「野原の郡長殿」にもあり、プロヴァンス地方それ自体が人格化される。他方、この短篇集の最後の言葉は「パリだ！」。パリを忘れられない傷心の詩人は、グーゲ・フランソワに自分と同じ「旅愁《ノスタルジー》」を見出し、苦しみを分かち合う。

アルフォンス・ドーデーは社交人にして抒情詩人、そして秘めた感情の案内人である。

参考文献

Alphonse Daudet, *Œuvres*, 1, texte établi, présenté et annoté par Roger Ripoll, 《pléiade》, Gallimard, 1986

Id., *La Doulou, suivie des Carnets inédits*, Préface de Jean-Louis Curtis et Avant-propos d'André Ebner, Éditions Rencontre, Lausanne, 1966

Id., *Notes sur la vie*, 《Courte préface》 de Julia A. Daudet, Fasquelle, 1899

Anne-Simone Dufief, Gabrielle Melison-Hirchwald, Roger Ripoll, *Dictionnaire Alphonse Daudet*, Honoré Champion, 2019

Edouard Leduc, *Autour d'Alphonse Daudet*, Editions Complicités, 2017

二〇二一年四月

〔編集付記〕

このたびの改版にあたっては、振り仮名や固有名詞の片仮名表記等の整理を改めて行った。

また、有田英也氏に「解説」と「ドーデー略年譜」を新たにご執筆いただいた。

（二〇二一年六月、岩波文庫編集部）

ドーデー略年譜

1840 年　5月13日，アルフォンス・ドーデー，ニームの絹織物業者の父ヴァンサン・ドーデーと母アドリーヌの三男として生まれる．長兄アンリは1832年生まれ．次兄エルネストは1837年生まれ．

1845 年(5歳)　厳しい体罰で知られるカトリック系小学校に入学．

1847 年(7歳)　「カトリックもユグノーもいる」カニヴェ校に転校．

1848 年(8歳)　2月革命勃発．父ヴァンサン，工場を売却し単身リヨンに転居．6月，妹アンナ生まれる．

1849 年(9歳)　一家5人がリヨンで合流．エルネストとアルフォンスは少年聖歌隊養成所に入団．

1850 年(10歳)　リヨンのリセ・アンペールに入学．兄エルネストは中退して父の事業を手伝う．

1856 年(16歳)　父が絹織物業を廃業．アルフォンス，学業を修辞学級(高校2年に相当)で中断．長兄アンリ死去．

1857 年(17歳)　5月から10月までアレス中学校で自習教員をしながらリセ最終学年に登録．この短軀で長髪，髭のない教員は生徒から馬鹿にされ，その辛い経験がのちの小説『プチ・ショーズ(ちび)』に結実．兄エルネストは単身パリに赴き，かつて評論が載った王党派新聞『ガゼット・ド・リヨン』紙の執行役員アルマン・ド・ポンマルタンの口利きで『スペクタトゥール』紙記者に採用．11月，アルフォンスはアレス校を退職(原因には諸説あり)，兄を頼ってパリに向かう．母アドリーヌは娘たちとニームに戻り，夫と別居．

1858 年(18歳)　ボヘミアン文士と交流．文芸サロンにも出入り

する．のちに小説『サフォー』の女主人公のモデルとなるマリー・リューと交際が始まる．7月，「Marie R＊＊＊」に捧げる詩集『恋する女たち』をタルデューより刊行．

1859年(19歳)　4月，パリでフレデリック・ミストラルと知り合う．『フィガロ』紙など新聞各紙に寄稿．

1860年(20歳)　夏，立法院議長モルニー公爵の秘書に採用．

1861年(21歳)　韻文コント「二重の改心」(愛し合うカトリック男性とユダヤ女性が密かに相手の宗教に改宗)を『フィガロ』紙に掲載ののちプーレ＝マラシより刊行．12月，体調を崩し休暇を得て，のちにタルタランのモデルとなるアンリ・レノーと翌年2月末までアルジェリア旅行．途中，マイヤーヌのミストラル宅を訪れ，ルーマニーユを紹介されてプロヴァンス語文学復興運動を知る．小説『タルタラン・ド・タラスコン』の自著解題には胸を患ったとあるが，梅毒の水銀療法の疲れを癒す転地療養説が有力．

1862年(22歳)　2月，オデオン座でモルニー公爵官房長官エルネスト・レピーヌとの共作戯曲『最後の偶像』を上演．地方出の若者がパリのメディア界で翻弄される『小説赤ずきん 情景と綺想』をM.レヴィより刊行．12月，コルシカ島に旅行(翌年3月に戻る)．

1863年(23歳)　暮れから翌年4月にかけ，南仏プロヴァンス地方に縁戚のアンブロワ家を訪ねてフォンヴィエイユに滞在．アンブロワ家が居所とするモントーバン館の近傍に三つの風車があった．

1864年(24歳)　12月から翌年1月まで再びプロヴァンスに滞在．

1865年(25歳)　3月，モルニー公爵死去．ポール・アレーヌと知り合う．7月，アルザス旅行．11月から翌年1月まで，『モニトゥール・ユニヴェルセル・デュ・ソワール』紙に「パリだよりと村だより」を発表．12月，ゴンクール兄弟の『アンリエット・マレシャル』初演でジュリア・アラールと知り合う．

1866 年(26 歳)　1-5 月，プロヴァンス旅行(ニーム，サン＝ローラン，フォンヴィエイユ，カマルグ)．7 月，ミュンヘン旅行．8 月，ジュリア・アラールと婚約．8-11 月，『エヴェヌマン』紙に「風車小屋だより」の第 1 回シリーズを連載．11 月から翌年 10 月まで，『モニトゥール・ユニヴェルセル・デュ・ソワール』紙に『プチ・ショーズ』を連載．12 月，高踏派詩人を皮肉った『パルナシキュレ・コンタンポラン』に寄稿．

1867 年(27 歳)　1 月，ジュリア・アラールと結婚し，2-3 月，南仏に新婚旅行．この頃，マリー・リューが死去．11 月，長男レオン誕生．

1868 年(28 歳)　2 月，『プチ・ショーズ』をエッツェルより刊行．夏，アラール家がドラクロワの旧邸を借り，初めてシャンプロゼー(エソンヌ県)に滞在．10 月，『フィガロ』紙で「風車小屋だより」の連載が再開．

1869 年(29 歳)　2 月，ヴォードヴィル座で『犠牲』を上演．12 月，小説『バルバラン・ド・タラスコン』第 1 部を『プチ・モニトゥール』紙に連載し，『風車小屋だより』をエッツェルより刊行．

1870 年(30 歳)　2-3 月，『バルバラン・ド・タラスコン』を『フィガロ』紙に連載．7 月 19 日，フランスが対プロイセン宣戦布告．シャンプロゼーで足を骨折．8 月，レジオン・ドヌールを受勲．9 月から翌年 1 月，パリ包囲戦．ドーデーは国民衛兵に志願．

1871 年(31 歳)　4 月 25 日，コミューン下のパリを去りシャンプロゼーに．7-8 月，家族とともにニームの両親の元に．11 月，主として『ソワール』紙掲載の評論をまとめてポール・アレーヌに捧げた『不在の男への手紙』(第 1 部「包囲戦」，第 2 部「コミューン」)をルメールより刊行．

1872 年(32 歳)　2 月，『タルタラン・ド・タラスコン』をダンチュより刊行．10 月，ヴォードヴィル座で『アルルの女』(音楽

はビゼー)を上演．フローベール，ゾラと親交．

1873年(33歳)　2月，『月曜物語』をルメールより刊行．3月，フローベール宅でエドモン・ド・ゴンクールと知り合う．

1874年(34歳)　『ジュルナル・オフィシエル(官報)』で劇評を担当(1880年末まで)．7月，短篇集『芸術家の妻たち』をルメールより，短篇集『ロベール・エルモン』をダンチュより刊行．小説『フロモン・リスレール商会』を『ビヤン・ピュブリック』紙に連載ののちシャルパンティエより刊行し，翌年，アカデミー・フランセーズのジュイー賞を獲得．

1875年(35歳)　2月，父ヴァンサン死去．10月，プロヴァンスに滞在．11月，11篇を増補した『月曜物語』をシャルパンティエより刊行．

1876年(36歳)　2月，小説『ジャック』を『モニトゥール・ユニヴェルセル』紙に連載ののちダンチュより刊行．9月，ヴォードヴィル座で『フロモン・リスレール商会』を上演．

1877年(37歳)　11月，小説『ナバブ』を『タン』紙に連載ののちシャルパンティエより刊行．

1878年(38歳)　6月，次男リュシアン誕生．

1879年(39歳)　1月，『ロベール・エルモン』所収の5篇を増補した『風車小屋だより』新版をルメールより刊行．6月，喀血．8月，一家揃ってアルヴァールで療養．小説『亡命の王たち』を『タン』紙に連載ののちダンチュより刊行．

1880年(40歳)　1月，ヴォードヴィル座で『ナバブ』を上演．

1881年(41歳)　1月，オデオン座で『ジャック』を上演．夏，ナポリ出身の風景画家ジュゼッペ・デ・ニッチスとスイス旅行．10月，小説『ニュマ・ルーメスタン』を挿絵新聞『イリュストラシオン』に連載ののちシャルパンティエより刊行．

1882年(42歳)　母アドリーヌ死去．

1883年(43歳)　1月，プロテスタントの女性慈善家の策謀を描いた小説『福音宣教者』を『フィガロ』紙に連載ののちダンチ

ュより刊行し評判に．5月，アカデミー・フランセーズへの野心を揶揄したアルベール・デルピと決闘．12月，ヴォードヴィル座で『亡命の王たち』(脚本ポール・ドゥレール)を上演．

1884 年(44歳)　5月，『サフォー』を『エコー・ド・パリ』紙に連載ののちシャルパンティエより刊行．

1885 年(45歳)　この頃，健康状態が悪化し，沐浴など水療法を試みる．5月，オデオン座で『アルルの女』を再演．12月，小説『アルプスのタルタラン』をカルマン＝レヴィ，ギヨーム，『フィガロ』の3社共同で刊行．

1886 年(46歳)　6月，長女エドメ誕生．名付け親はエドモン・ド・ゴンクール．11月，小説『ベル＝ニヴェルネーズ号(川船物語)』をマルポン＝フラマリオンより刊行．

1887 年(47歳)　2月，オデオン座で『ニュマ・ルーメスタン』を上演．暮れに『パリの三十年』をマルポン＝フラマリオンより刊行

1888 年(48歳)　『ある文学者の回想』をマルポン＝フラマリオンより刊行．7月，小説『不滅の人』を『イリュストラシオン』に連載ののちルメールより刊行．「不滅の人」とはアカデミー・フランセーズ会員の別称．

1890 年(50歳)　7月，長男レオン，ヴィクトル・ユゴーの孫ジャンヌと婚約(翌1891年に結婚，1895年に離婚)．11月，小説『タラスコン港』をダンチュ，ギヨーム，『フィガロ』の3社共同で刊行．

1892 年(52歳)　離婚を合法とするナケ法に取材した小説『ローズとニネット』を『エコー・ド・パリ』紙に連載ののちマルポン＝フラマリオンより刊行．

1895 年(55歳)　小説『小教区』を『イリュストラシオン』に連載ののちルメールより刊行．

1897 年(57歳)　1月，小説『アルラタンの財産』をシャルパンティエ・エ・ファスケルより刊行．11月，短篇集『ラ・フェ

ドール』をフラマリオンより刊行．12月16日，アルフォンス・ドーデー死去．パリのペール＝ラシェーズ墓地に埋葬．

1899年　創作メモ集『人生ノート』，ジュリア未亡人によってシャルパンティエ・エ・ファスケルより刊行．

1931年　闘病記『痛み《ドゥールー》』，ファスケルより刊行．

（有田英也編）

読書子に寄す

――岩波文庫発刊に際して――

岩波茂雄

真理は万人によって求められることを自ら欲し、芸術は万人によって愛されることを自ら望む。かつては民を愚昧ならしめるために学芸が最も狭き堂宇に閉鎖されたことがあった。今や知識と美とを特権階級の独占より奪い返すことはつねに進取的なる民衆の切実なる要求である。岩波文庫はこの要求に応じそれに励まされて生まれた。それは生命ある不朽の書を少数者の書斎と研究室とより解放して街頭にくまなく立たしめ民衆に伍せしめるであろう。近時大量生産予約出版の流行を見る。その広告宣伝の狂態はしばらくおくも、後代にのこすと誇称する全集がその編集に万全の用意をなしたるか。千古の典籍の翻訳企図に敬虔の態度を欠かざりしか。さらに分売を許さず読者を繋縛して数十冊を強うるがごとき、はたしてその揚言する学芸解放のゆえんなりや。吾人は天下の名士の声に和してこれを推挙するに躊躇するものである。このときにあたって、岩波書店は自己の責務のいよいよ重大なるを思い、従来の方針の徹底を期するため、すでに十数年以前より志して来た計画を慎重審議この際断然実行することにした。吾人は範をかのレクラム文庫にとり、古今東西にわたって文芸・哲学・社会科学・自然科学等種類のいかんを問わず、いやしくも万人の必読すべき真に古典的価値ある書をきわめて簡易なる形式において逐次刊行し、あらゆる人間に須要なる生活向上の資料、生活批判の原理を提供せんと欲する。この文庫は予約出版の方法を排したるがゆえに、読者は自己の欲する時に自己の欲する書物を各個に自由に選択することができる。携帯に便にして価格の低きを最主とするがゆえに、外観を顧みざるも内容に至っては厳選最も力を尽くし、従来の岩波出版物の特色をますます発揮せしめようとする。この計画たるや世間の一時の投機的なるものと異なり、永遠の事業として吾人は微力を傾倒し、あらゆる犠牲を忍んで今後永久に継続発展せしめ、もって文庫の使命を遺憾なく果たさしめることを期する。芸術を愛し知識を求むる士の自ら進んでこの挙に参加し、希望と忠言とを寄せられることは吾人の熱望するところである。その性質上経済的には最も困難多きこの事業にあえて当たらんとする吾人の志を諒として、その達成のため世の読書子とのうるわしき共同を期待する。

昭和二年七月

風車小屋《ふうしゃごや》だより　ドーデー作

1932年7月15日　第1刷発行
1958年10月25日　第31刷改版発行
2021年7月15日　改版第1刷発行

訳者　桜田《さくらだ》 佐《たすく》

発行者　坂本政謙

発行所　株式会社 岩波書店
〒101-8002 東京都千代田区一ツ橋 2-5-5

案内 03-5210-4000　営業部 03-5210-4111
文庫編集部 03-5210-4051
https://www.iwanami.co.jp/

印刷 製本・法令印刷　カバー・精興社

ISBN 978-4-00-325429-5　Printed in Japan